KB070708

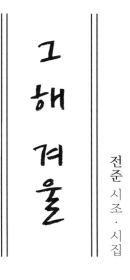

그해 겨울

전준 시조 · 시집

쉽게 용기를 내지 못했던 것은 설익은 글을 세상에 내놓기가
두려웠기 때문이다. 이제 적지 않은 나이에 속살 내비치는
어리석음은 그만큼 때가 묻은 나의 감성과 노안으로 어두워진 좁은
시야에 사리 판단이 흐려진 이유일 것이다.
10대 후반부터 모아 둔 졸작들을 이번 기회에 다시 보면서
어쭙잖은 표현과 억지스러움을 느꼈지만, 그 시절의 감정도
소중했기에 될 수 있는 대로 손대지 않았다.
최근 10여 년은 거의 습작을 하지 못했고, 30대 중반 이후에는
시조에만 매달렸던 것 같아 함께 싣는 시는 아주 오래전의
습작임을 밝힌다.

이제 그간의 나의 게으름을 반성하며, 다시 습작의 문을 들어가
보려고 한다.

끝으로, 환갑을 핑계로 용기를 낼 수 있도록 이끌어 준 내 글의
유일한 독자인 아내 조정숙 님과 나와 같은 성을 쓰는 은선, 형민
그리고 사위 황광선 박사에게 고맙다는 말을 남기며
어린 시절부터 책을 사야 한다는 말에는 얼굴 한번 붉히지
않으셨던 어머니, 그리고 지금은 우리 곁을 떠나 함께할 수 없는
나의 아버지께 이 책을 바친다.

2021. 09.

전준

글발 1 시조

글발 2 시

글밭 1 시조

가을, 저문 강에서

1.

단풍빛 깊은 울음 억새 숲에 걸려 있다.
힘겹게 붙잡고 있는 노을은 검붉게 타고
무너진 어깨 너머로 어둠 군단 진(陣)을 친다.

길 떠난 철새들이 세상 속으로 숨어들고
어망 속 물고기 떼 푸른 목숨 파닥인다.
갈잎은 타다 남은 재 역류할 수 없는 숙명들.

2.

속울음 단내 나게 꼭꼭 눌러 죽이고 있다.
어둠 속 웅크린 산은 귓속말 검은 음모
우울한 시대를 마주한 마른풀이 참혹하다.

한기는 척추신경 곧게 뻗어 전해 오고
서릿발 내린 밤에 날선 칼끝 비명소리
예고된 한대(寒帶)의 바람 탁한 목청 다듬고 있다.

가을, 소멸의 미학

소멸하는 것들은 눈에 잠시 멀어지는 것
버릴 것 다 버리고 난 뒤 빈 허물 가벼움으로
낮달을 어둠에 주고
가등으로 물러앉기

눈으로 보는 풍경 가슴으로 담아내며
가을 강은 퍼런 하늘을 제 품으로 품고 있다.
노을은 가물가물한 세상
물이랑으로 밀어내고

들녘에 갈잎이 봄빛같이 아름다울까
절정으로 타는 몸을 저문 길에 뉘어 두고
깊은 밤 긴 시간 속을
전설이 되어 횡단한다.

가을 기행

1.

떠나온 기찻길에서 고개 돌려 뒤를 본다.
흐릿한 도화지에 마른 단풍 뚝뚝 지고
저문 강 안개의 마을 철새 떼는 지쳐 있다.

먼 길을 수평으로 놓고 가로수 홀로 선다.
때늦은 식욕은 느릿느릿 풍경을 지우고
살아온 흔적들마다 형형색색 색칠을 한다.

두껍게 쌓인 어둠 몸은 점점 무거워지고
안개에 갇힌 새는 절규하며 벽을 깬다.
실어증 앓는 사람들은 그림자로 희미하고

2.

정지선 기차를 돌려 집으로 가야 한다.
어둠이 걷히기 전 풍경은 제자리에 두고
안개꽃
어깨 너머로
눈물이라도 젖을 일이다.

가을 안개

밤이면 단풍 숲에 점령군이 밀려온다.
화석으로 굳어 가는 나이테는 삶의 흔적
편도선 잠긴 목청으로 목 쉰 울음 토해 낸다.

흐릿한 유리창 너머 황달빛 달이 떠 있고
수직으로 선 가로등 병든 꽃으로 피면
도마뱀 몸을 자르며 불빛 사위는 밤열차

끝끝내 쏟아 내는 쓸쓸한 울음 뒤로
아픈 추억 옛 노래는 저음으로 넘치고 있다.
어두운 청년기를 떠나 밀려오는 망각의 강

삽화처럼 그렸다가 흔적 없이 사라지는
강 건너 헤드라이트 불빛 밤안개를 흔들고
한 다발 꽃으로 왔다 다시 떠나는 인연들.

가을 여자

긴 머리
뒷모습에
가을 잎이 떨어진다.

먼 길 떠나
함께 걷는
수많은 인연은

저 하늘
시퍼런 가슴
깊은 울음 그리움.

가을 풍경 1

1.

세상은 보고 느끼는 자(者)의 것인 것을

달음박질로 달려와 비탈진 내리막길에서 나무는 쉼 없이 살아온 날들을 나이테로 남기고 있다. 지나간 푸른 꿈들이 가슴 저리게 밀려오면 저마다의 얼굴로 가을햇살 부서지고 시집갈 누이같이 수줍게 붉힌 얼굴이 곱다. 이제 제 몸의 부피보다 훌쩍 커 버린 욕심에 몸이 무겁다. 남은 날들은 옷을 벗어야만 한다.

단풍잎 저리 붉은데
어쩔 거나
타는 노을을

2.

할머니
깊은 한숨에 묻어나는 그리움은
젊은 날 살강에 얹어 둔 눈물 몇의 아픔인가
텅 빈들 마른 빛으로 홀로 남아 야위고 있다.

가을 풍경 2

날이 저문다.
노을 깊어 붉게 타고
마른 들녘 색(色)을 풀다 몸 숨기던 꽃단풍
탱자 숲 푸른 연기에 저녁달이 낮게 운다.

어둠 깊은 뒤안길에 술렁이던 대숲은
서걱서걱 살을 베며 온밤을 뒤척였다.

어머니
한지(寒地)에서 떨며
열꽃 피우고 있습니다.

갈대

세상에 비밀은 없다.
너는 온몸으로 증명하고
바람에 흔들릴 때마다
"임금님 귀는 당나귀 귀"

이발사
곱게 빗은 머리
새하얗게 날린다.

갈 수 없는 나라

1.

선인장 붉은 꽃은 장미보다 아름답다.
사막의 모래바람 모질게 견디고 서서
뜨거움, 타는 갈증을 찬란하게 토해 낸다.

2.

오후에 비가 내린다.
갈 수 없는 나라에서
가문 날 황토들밭 찢어진 가슴으로
그 비에 촉촉이 젖는다.
어둠 짙게 내릴 때까지

3.

울음에 흠뻑 젖어 잠 못 드는 늦은 밤에
선잠에 꿈길 펼쳐 꽃비를 내리고 싶다.
이제는 그만두어야 할
내 방황의 목마름에

강가에서

1.

흐르는 강물에서 하늘을 퍼낼 순 없지
쉼 없이 내달린 길
발병 나서 무너지면
제 몸만
퍼렇게 멍들어
소리 내어 울고 있다.

2.

멈춘 듯 고여 있는 거울에 얼굴을 담고
바람은 몰려와서
제 모습 호명하면
끝끝내
변하지 않는
메아리만 남기고 간다.

강구(江口)에서

1.

덫 물린 생채기는 목 쉰 울음 풀어 놓고
저문 강 노을로 남아 눈을 뜨는 물소리-ㄴ가
병(病)들어
선지(宣紙[1])에 떠는
내 사랑의 일지(日誌)인가

2.

둑길을 걷다가 문득 체인 풀잎 하나
세우다 같이 누워 황토(黃土) 같은 울음 울면
끝끝내
강물이 되어
몸살 앓는 사랑아

3.

뜬 눈에 해묵은 몸살 새벽이면 안식일까
분꽃가슴 가시내들 꽃잎 떨면 눈 시린데
철새는
다시 울어도
함께 울 가슴이 없다.

---

1 종이의 일종, 동양식 서화에 쓰인다.

강변 개망초

가등 밑이 소란스러워 잠 못 드는 한여름 밤
쉼 없이 달려온 강이 잠시 쉬며 숨 고를 때
어둠 속 환한 꽃무리 얼굴 내민 개망초

강물은 고단함을 물결로 밀어내고
아픔은 속울음을 물안개로 피워 낸다.
아는 이 하나 없어도 홀로 피어 강이 된다.

아슴푸레하게 멀어지는 풍경들은 잠이 들고
선잠 깬 바람들이 여린 잎에 칭얼대면
말없이 속울음 몇을 세상 밖에 풀어낸다.

강가에 오롯이 앉아 풍경으로 머물다가
꼭꼭 숨겨 둔 정 달빛자락에 펼쳐 내어
깊은 밤 뒤척이는 강물 그 시름도 담아낸다.

강촌기행(江村記行)

창포(菖蒲)를 풀었을까
청태(靑苔)를 펼쳤을까
발밑에 묻어난
목설(木屑) 한 줌 모래밭에
저 시린
강물을 담아
하늘빛을 낳는다.

태백(太白)에 불을 질러
남으로 내친 단풍
물길도 인두로 재워
저리도 청청(靑靑)한데
삼악산
고산목(高山木)에서
미리 보는 일생아

낙엽지면 떠나야지
하현의 빈들에서
강물에 한나절을
그림자로 서성이면
청산에
풀잎에 누워
황토 짙은 들이 된다.

개심사에서

도시의 옷을 벗고 세상을 비켜서면
솔바람 마주 불어 마음자락 끌어낸다.
아직도 욕심 때문에 빗장 걸린 문이 있다.

솔밭 돌계단을 땀에 젖어 굽이돈다.
더위도 서늘함도 마음 한 장 사이인데
그마저 다스리지 못해 울고 웃는 욕망들

어차피 무너질 인연 손을 펴서 내려놓고
닫혀 있던 문을 열고 이승을 다시 보면
마침내 푸른빛으로 돌아오는 여유 한 폭.

겨울, 능내에서

- 다산 생가에서

1.

유배지 푸른 하늘을 두물머리[2]에 내려놓고
박제된 꿈들이 저녁 안개로 서성일 때
철새는 오동(梧桐) 숲을 떠나 외면하며 비상한다.

어둡던 시절만큼 두껍게 쌓인 먼지
서릿발 분노로는 울음 하나 뱉지 못해
살아서 숨죽여야 했던 풀잎들이 숨어 운다.

2.

황토 흙 바람벽은 숭숭 뚫린 아픈 상처
푸른 뜻 지탱해 온 어깨는 무너지고
눈밭에 은폐된 염증 설해목이 꺾어진다.

삭풍에 겨울 꽃으로 목숨 걸린 단풍 몇 장
빛바랜 낯바닥은 섣달같이 꽁꽁 얼고
서책(書冊)은 검은 곰팡이 버짐꽃이 피어 있다.

---

2   남한강과 북한강의 두 물이 합쳐져 한강의 머리가 되는 곳으로 남양주시 조안면 양
    수리를 뜻한다.

22

겨울, 상행선에서

차창을 서성이던 검정판지 어둠 뒤로
불안하게 떠 있는 하늘 성긴 눈발 내리면
낯바닥
푸른 한기는
익숙하게 자리를 튼다.

함께 있다는 것이 경계의 벽을 깰 수 있을까
몇 다발 이야기가 눈꽃으로 와자하다.
쓸쓸한
담배 연기를
울분처럼 내뱉는다.

두껍게 핀 성에꽃은 아픔의 모자이크
무거운 몸 뒤척이지만 도착역은 아직 멀고
지독한
불안은 끝내
차창 속에 머물고 있다.

겨울, 폐촌에서

하늘이 낮게 걸려 소화 불량에 거북하다.
갈대숲 웅성웅성 연좌하여 대치하면
바람은 머리채 잡혀 산발하고 흩어진다.

숭숭 뚫린 흙벽으로 허물어지던 풍문들이
철지난 단풍으로 야윈 몸을 떨고 있다.
휘몰이 눈보라 속에 나뒹구는 몸살 두엇

할머니 해수앓이 시름으로 깊어 가면
토해 낸 마른기침 웃풍이 되어 쌓여 가고
깊은 밤 푸른 한기에 얼어붙은 빈 들녘

모질게 일어나서 꽃상여는 길 떠난다.
생채기 눌러앉아 속병 검게 여물어 가고
산마루 머리 센 숲이 머리 풀어 울고 있다.

겨울, 몇 개의 단상

1.

겨울은 빗장 풀고 들녘을 서성인다.
낮 푸른 바람은 변덕 심한 심술쟁이
외로 선 나무에 앉아 수렴청정을 하고 있다.

2.

말없이 흐르는 강 낮달같이 창백하다.
찬바람 부려 놓고 낯설게 돌아서면
생살을 도려낸 아픔 기다림은 집착이다.

3.

구속도 익숙하면 습관처럼 편안할까
들밭에 풀뿌리는 먼 봄을 예감하고
곰삭은 한대바람에 얼어붙은 섣달 하늘

4.

산자락 절개지는 낙석으로 무너진다.
노출된 위험들이 기지개로 일어서면
우우우 온밤을 울던 겨울 나목 비명소리.

겨울 가로수

간밤 들길 낮게 달빛이 넘어졌지.
때 묻은 어둠 한 쪽 바람이 맑게 씻고
누군가
선잠을 깨워
나이테를 세고 간다.

언 땅의 서릿발은 머리채를 한 단 풀어
푸른 한기(寒氣) 팔매질로 마른기침 토해 내고
빈 하늘
인고(忍苦)의 세월(歲月)
온 이승을 이고 있다.

도끼로 몸을 찍는 빈혈의 이마 위로
죽어서 장승이면 산처럼 엎드려 울까
얼레로
풀었다 감는
아, 불안한 일생(一生)이여.

겨울 근대사

몸으로 한 평생(平生)의 생채기를 걸머지고
어둡게 넘어지면 발등 찍는 아픔인가
빈 들에
들풀로 누워
숨죽여야 하는가.

갈대숲 울음소리 파발처럼 전해 오면
저문 날 산하(山河) 가득 성긴 눈발 무심한데
긴 겨울
녹슨 경대로
내다보는 왕조(王朝)의 봄

산 같은 분노로도 다 못 재운 삼한(三寒)인데
황토(黃土)에 불을 질러 한 목숨 타오르면
사내들
겨울밤을 지켜
되살아난 씨앗 불씨.

겨울 아침

첫눈 그 하얀 들밭
초경(初經)의 현기증을
간밤에 한 다발
동백으로 피워 내고
누이야
그날 아침이
창백하여 부끄럽다.

겨울 해안에서

쪽진 머리 한 단 풀어
멀미 함께 출렁인다.
변성기 속병(病)으로
한대(寒帶)성 목 쉰 바람
한지(韓紙)에
미닫이 창(窓)을
툭툭 치며 묻어난다.

쑥 찜 그 무르팍에
관절염이 눌러앉고
햇볕이 눈부셔라
인장(印章) 찍듯 나선 문밖
밀물에
가득한 바람
가슴을 베고 간다.

천년(千年)을 살아온 삶
멍든 세월(歲月) 시퍼렇다.
간밤을 뜬눈으로
수평선(水平線)에 드러누워
빈혈의
바다 속에서
몸살 앓는 파도여.

관악에서

산을 오르다 힘에 겨운 낯빛 보는가
제 울음 못다 울고 붉게 타는 갈빛은
목 놓아
소리 소리쳐
온 세상을 물들인다.

물 위의 낙엽들은 떠돌이별로 떠밀려 와
몇몇은 꽃이 되고 또 몇은 어둠이 된다.
뒤돌아
헤어진 날들을
다시 우는 한 생애

불혹의 끝자락에 흔들리는 삶들은
비 내린 바람 끝에 단풍처럼 위태롭다.
흐린 창
겨울 밖으로
내다보는 푸른 꿈.

귀향

어머니 섣달그믐 잦아지는 해수앓이
저 대숲 잠 못 들고 까만 밤을 지새우며
새벽녘 매운바람 속 문을 지켜 계신다.

이 아픔 아물고 나면 겨울은 끝이 날까
빈 들녘 갈대숲이 마른 울음 토해 내면
잔설이 녹아 흘러서 눈물자리 마를까.

그해, 셋방에서

철새는 마을에서 정착하지 못했다.
가난은 대물림이 되어 진화하지 못하고
밤마다 월세방에서
집을 짓다 허문다.

아틀라스의 하늘을 천형으로 짊어진 삶
문드러진 어깨에 날개는 퇴화하고
더 이상 날 수가 없다.
발목 잡힌 이 뻘에서는

등 눕힌 정든 숲은 비바람에 차압되고
변두리 길 밖에서 그늘처럼 숨어들면
어둠은 젖은 울음으로
배수진을 치고 있다.

동천 쨍한 바람 지천을 횡단하고
웃목에 몰려와서 심술부려 쌓이고 있다.
끝끝내 일어나지 못한 반신불수 중풍으로.

그해 여름
－넙도[3]에서

땡볕을 끌어안고 바다는 몸살 앓는다.
통발에 걸린 하늘 바르르 떨고 있고
해무에 손 내저으며 떠밀려 가는 섬 하나둘
눈 비비면 물결같이 아른거리는 땅끝마을[4]
파도에 밀어 올려 뭍으로 오르고 싶다.
그리움, 포말로 부서져 동백으로 피어날까

다시마 파래 청각 삶을 한 땀 걷어 올리며
부표로 외로이 떠 지켜온 텃밭인데
큰바람 해일로 일면 난파되는 너의 생업
팽팽한 긴장 끝에 버팀목 말목이 되면
닻 내린 선착장에 어둠이 파닥인다.
등 굽힌 노동의 하루 수묵으로 눕고 있다.

---

3 전남 완도군 노화읍에 소재한 섬이다.
4 전남 해남군에 소재한 마을 지명으로 한반도의 최남단 마을이다.

기다림은

어둠을 걷어 내고 꽃잎이 돋는 것이다.
얼어붙은 강이 흘러 파도에 묻히고 마는
현기증
그 멀미하는
빈혈이다.
속병이다.

분꽃 씨 까맣게 가슴에 묻고 사는
내 뜨락의 흙이다.
담장 안의 네 향기다.
끝끝내
이룰 수 없는
저 강물의
역류다.

길 위의 늙은 악사

세월로 탑을 쌓으며 골이 깊은 얼굴이다.
젊은 날 타는 열정을 품어 안고 올 수 없어
황혼의 늙은 나목들이 푸른 비상을 꿈꾼다.

노랑머리 힙합바지 외면하며 막(幕)은 올라
살아온 이야기를 눈물 나게 담아낸다.
그제야 맺힌 매듭 풀며 울컥하는 가슴들

오십년대풍 가요들이 잃어버린 날(日)을 불러
어슬녘 쓸쓸함을 따뜻하게 물들이면
손끝에 떨리는 음(音)들 날개 펼쳐 날아오른다.

잊혀져 찾지 않으면 길 위에 서면 될 걸
썰물에 밀려 앉아 시퍼렇게 멍들고 나서
때늦은 슬픔 나누며 울음 우는 악사여.

김대식

늦은 가을 한대(寒帶)바람
살얼음이 위태롭다.
살아온 날(日)들 보다
살아야 할 날(日)이 많은
서른 해
꺾어진 다섯
가슴 가득 묻는다.

유년(幼年)의 생채기는
쑥물로 눌러 죽이고
허기진 한나절을
청무우로 다스리면
저 산은
매운 날들을
노을 붉게 울고 있다.

그리운 얼굴 몇이
까만 밤을 지키던 날
행여 잊혀질까
호명(呼名)하며 손 내밀면
술잔에
담배 연기에
숨어들던 밤별 하나.

36

꿈

지난밤 깊은 잠 속, 꿈 하나는 현실일까.

깊은 산 구름을 발아래 두고 선계에 오른다. 밭을 일구던 선인 한 분이 골 깊은 산자락을 텃밭으로 내어 주더니, 비옥한 옥토가 되건 척박한 땅이 되건 네가 하기 나름이니라. 미련일까. 꿈 자락 끝을 잡고 기다림의 씨앗을 뿌린다. 시간이 흐르고 흘러 가을볕이 고운 어느 날 나는 망각의 열매를 거두고 있다.

아- 꿈은
물거품처럼
헛되고 헛된 것인가.

내 사랑은

정(情)이 깊으면
나팔꽃 붉어지면은
마른 가슴에
까만 속병(病) 여물고
고와라
꽃잎 다물면
숨어 앓는 담석증

정(情)든 골목마다 어둠이 진(陣)을 친다.
분꽃 가시내야 꽃잎같이 불 밝혀라
네 뜰에 숨어드는 바람 훔쳐보는 내 사랑을

여름 호박덩굴 무성한 성욕(性慾)이여
토란대 잎사귀에 이슬 비친 순결이여
간밤에 해일로 일어 누워 지친 풀잎이여

다 못한 말(言)들이
휴지처럼 나뒹굴고
서먹한 아침 창(窓)가
첩첩히 쌓인 인연(因緣)
철새는
부리로 쪼아
신접(新接)살림 물고 있다.

노숙

가을빛 내려놓고 시간을 죽이고 있다.
어쩔 거나
밀려 앉아 세상 밖 숨죽이면
간밤에 청(請)한 한뎃잠
쑤셔 오는 이 통증을

한 끼의 허기(虛飢)를 위해 옷 벗은 나무로 선다.
집 잃은 낙엽들이 부활을 노래할 때
식기(食器)에
더운 국물은
눌러 죽인 눈물인 것을

어둠이 깊어지면 아픔 또한 깊어지고
뿌리 뽑힌 한 생애(生涯)가 몸 뉘여 장승이다.
신문지
구들 밑으로
한기(寒氣)만 밀려온다.

노을

바람 잠시 머문 들에 땅거미 내려앉으면
하늘 땅 그 끝에서 구름은 강을 이룬다.
갈 길 먼 한 무리 새는 붉은 강에 뛰어들고

어둠은 안개처럼 삽시간에 숨어들고
수묵 진한 질감으로 산들이 병풍을 서면
하나둘 풀꽃이 피듯 저녁 불빛 피어난다.

그 풀꽃 그늘 아래 깊어 가는 밤이면
풍경 속에 빠진 한 사내가 홀로 남아
저리도 짧은 시간을 노를 저어 건너간다.

늦은 가을밤에

첫눈이 내리려나
가을밤이 몹시 차다.
서먹한 어둠 속에
산수유 홀로 붉다.
세상을 버리고 앉은
한 생애가 쓸쓸하다.

달려온 시간들이
바람으로 와 눕는다.
풀잎은 말이 없이
엎드려 울고 있다.
아프게 살아온 날들
푸른 별이 떨고 있다.

만나고 떠나는 일은
바람이다.
낙엽이다.
남겨 둔 자리에 앉은
인연은 상처이다.
넉넉한 가슴은 없다.
늦은 가을 허허로움뿐.

늦은 가을 을지로에서

늦은 가을 을지로에 저음(低音)으로 비가 내린다.
가볍게 은행잎이 길 위로 내려앉아
뒤돌아 살아온 날(日)들 노랗게 물들인다.

어디서 무엇으로 여기에 와 있는가
창(窓)가에 홀로 앉아 가을비에 젖은 상념(想念)
아득한 세월의 창(窓)을 닦아 보면 알까 몰라.

대왕암에서

1.

거침없이 밀려오는 저 파도를 막아야 했지.
몸 세워 바위로 앉아 당당하게 살자고 했는데
등 뒤로 무릎 깨진 아픔, 혼자 울고 있었다.

거대한 해일이다. 산천을 삼킬 것 같은
빈혈의 바다는 현기증에 쓰러진다.
방파제 무너질 때면 목이 꺾이던 숲 해송(海松)

2.

여우비 내린 날은 방심하던 일기 예보
저 숲이 수상하다 억새꽃은 술렁이고
하늘에 바람꽃 필 때 나비 떼로 나는 앵화(櫻花)

너의 문은 언제나 사립같이 허물어져도
질그릇은 숙명처럼 제 모습만 담아낸다.
은장도 가슴에 묻던 네 누이의 다짐으로.

대원군

문을 닫고
천년(千年)을 섬기면
섬돌에 꽃이 필까

빗장 풀고
내일을 열면
지던 꽃이 다시 필까

당신의
속마음이야
서천(西天)의 해-ㄴ들 못 잡을까.

마현[5] 가는 길

도수 낮은 안경으로 뿌연 세상 내다보며
더듬이 촉수 뻗어 산그늘로 잠입하면
길들은 부스럼처럼 드문드문 짓물렀다.
성에꽃 피워 내고 나뒹구는 한대(寒帶)바람
십팔 년[6] 두께로 앉은 눈밭 길이 위태롭다.
저속의 변속 기어로 미끄러지는 내리막길

어둡던 겨울 들판 풀잎들이 숨죽이면
삭풍(朔風)에 몸을 던져 불씨 하나 지핀다.
푸른 뜻 댓잎에 새겨 척박한 땅 살며 나며
성긴 눈발 휘모리로 온 이승을 휘감으면
참혹한 밤은 깊어 흐느낌도 자지러진 때
문빗장 걸어 둔 생애 먼지 첩첩 쌓여 있다.

---

5 경기도 남양주시 조안면 능내리에 소재한 마을 지명으로 다산 정약용의 생가가 있다.
6 다산 정약용의 유배 기간이다.

모악산에서

1.

황톳길 네 역사에서 아기 장사는 항상 일찍 죽었다.

겨드랑이에 비늘 같은 날개를 달고, 장산곶매 날개를 펴면 중원을 범할 것이요, 두 팔 번쩍 바위를 들면 황해를 삼키겠으니, 이제 반도의 심장에 칼을 꽂는다. 여기서 네 역사는 비굴하게 굴절되었다.

영웅은

둘이 될 수 없었다.

처절한 싸움은 계속된다.

2.

구원의 미륵불은 안개에 갇혀 있다.

이 땅의 풀잎들은 속절없이 쓰러지고

들밭을

떠도는 유민

절망으로 울고 있다.

바람에 갈래머리 질끈 동여매고

억새에 생살 베며 산채로 숨어든다.

어둠 속

봄을 기다리며

들풀은 모반을 꿈꾼다.

숯검정 잉걸불이 들불로 타오르면
도끼로 돌을 찍어 천불탑을 깎고 있다.
횃대에
새벽닭 울 때
와불 함께 무너진다.

무너짐에 대하여

속절없이 무너진다 자잘한 저항도 없이
지상에 남는 것 없이 티끌같이 흔적 없을 때
손안에 바람 같은 인연 놓아두고 편안한가

잡을 수 없는 날들 뒤돌아 바라보면
떠나간 시간들은 희미해진 흑백 사진
빛바랜 세상 속에서 무너지는 나를 본다.

바위틈에 솔나무같이

1.

바위틈에 사지를 뉘여 뇌성마비 앓고 있다.
바람 한 점 머물 때마다 푸른 머리 산발하고
흐린 날 세상 나들이 관절마다 통증 앓는다.

2.

이 빠진 굴렁쇠로 녹슨 날들이 무너지면
다락 깊이 놋그릇은 곰팡이꽃으로 핀다.
굳은살 딱쟁이를 떼며 돌아보는 지난날

3.

척박한 유배지-ㄴ가 봄날은 황달로 온다.
그 뒤로 참꽃 피면 헛배 불러 오던 허기
바위틈 솔나무같이 질긴 목숨 부여잡는다.

밤, 혹은 종소리

산사에 종 울린다.
밤 깊어 고단한 길에
마음자리 둘 곳 없어 하늘땅을 떠돌다가
목 놓아 울다 지쳐서 별빛 지는 울음소리

높은 것이 산이라면 이 내 시름 감춰질까
깊은 것이 바다라면 이 내 속을 담아낼까
십 리 길
떠나온 길이
심란하여 만 갈래 길

뉘라서 저 종소리 가슴 가득 가둘 수 있을까
채워도 채워지지 않는 허기 같은 아픔들을
어둠에 숨기고 있다.
헛일이다.
헛일.

밤, 뚝섬에서

흐르다 못내 우는
가슴들이 모여 앉아
아프게 살아온 날(日)들
한 잎 한 잎 다독이면
강 건너 핀 단풍 불빛
밤 풍경은 따뜻한가

늦은 밤 잠 못 드는
사연들을 불러 모아
권하여 마주한 잔
강심(江心)으로 넉넉한데
채울 수 없는 그리움
넘쳐흘러 어둠인가

내 가슴 네 가슴이
이곳에서 넘쳐흘러
살다 간 흔적들이
강물 되어 흐른다.
끝끝내 얼굴 감추고
돌아눕는 무정(無情)인가.

밤

겨울, 푸른 낮바닥
조급하게 무너진다.

먹물 뿌려 흔적 없이 길들은 지워지고

달빛이
하얗게 센 머리
가등(街燈) 위로 놓아둔다.

봄밤

내 묵은 그리움을 몸살로 앓아누워
간밤에 떨린 가슴 살짝 들킨 진달래
화들짝
놀란 모습이
수줍어서 붉은 얼굴

어둠이 깊어지면 골 깊은 숲이 된다.
푸른 숲 잠을 깨면 서먹한 바람이 불고
신열에
열꽃 피우며
붉게 타는 저 들밭

마음이 가는 자리 봄빛을 물들이면
봄빛 지친 저물녘에 시름시름 앓던 날들
목 놓아
울던 울음에
꽃씨 까맣게 여문다.

봄비, 여우비와 만나다

1.

만남의 공식들은 어떻게 다를까 이별과는
누구의 기다림에 봄꽃들은 피어나며
너는 또 얼마나 앓아야 열꽃 내리며 일어날까

2.

봄은 늘 칙칙한 어둠에 묻어온다.
간밤 숙취에 산통처럼 뒹굴고 나면
퀭한 눈 붉게 비비며 소란 떨던 쥐똥나무

절멸(絶滅)의 단어들만 떠도는 공간에서
끝끝내 단절하며 개화(開花)하는 저 함성은
척박한 세상에 대한 소리 없는 반란인가

3.

봄비,
여우비로
만나던 날
그 아침
만남과 헤어짐의 실타래는 몇 갈래일까
절망과
희망 사이에
소통의 길은 있을까.

북극성
-유년(幼年)의 꿈

유년(幼年), 그 깊은 강은 어둠처럼 두터웠다.
산은 늘 제 그림자를 완강하게 들이밀고
쨍-하고 깨어진 동천(冬天)
별똥 하나 떨어진다.
실 끊긴 가오리연은 겨울새로 산을 넘고
낯선 도시 변두리에 바람의 씨를 뿌린다.
성장통 뼈아픔 뒤로
긴 그림자를 이끌며

밀물, 그 힘에 밀려 수 세월(歲月)을 흘러왔다.
검은 멍 생채기는 무인 섬에 고립되고
끝끝내 길을 잃었다.
걷히지 않은 어둠에
천(千)의 촉수 독기로 뻗어 푸른 바람 뿌려 대며
나무는 헛디딘 발을 목발로 버티고 선다.
근시안 흐릿한 시계(視界)
멀어지는
별 하나.

불안

어둠은 소리 없이 숲으로부터 밀려왔다. 함께 온 갈잎들은 근심으로 내려앉고, 가슴 속 젖은 울음을 검은 강으로 풀어냈다.

바람은 푸른 함성 길 밖에 몰려와서, 손등 찍는 아픔으로 배수의 진을 친다. 벼랑 끝 푸른 맥박은 긴긴밤을 울고 있다.

조각달 일그러진 얼굴빛을 잃고 서성일 때, 해일은 거침없이 관절마다 밀려오고, 아픔도 보듬고 살면 굳은살처럼 익숙할까.

썰물에 빠진 달은 더 이상 뜨지 않는다. 달빛이 시력을 잃고 희미하게 출렁일 때, 어둠을 밀어 올리고 새벽달을 건져 낼까.

빗속에 서서

아픔의 흔적들을 양각으로 새겨 두고
세월에 문드러질 일
마음도 다스려질까
빗발에 정을 세우고
깨고 있다.
돌바위를

칙칙한 벽지 위에 우울하게 걸린 시간
섬처럼 고립되어
흐려지던 기억 저편
울음의 둑을 세우며
눈물길을
가두어 본다.

흐르다 멈춰 서서 빗돌 되어 머문 날에
젖은 생각 한 자락이
눅눅하게 쌓여 있다.
헤집어 흩어 놓으면
시름 갈래
만 갈래.

사랑을 위하여
- 홀로 사랑

사랑을 키우기 위해 바위틈에 꽃이 될까
난초 그 작은 숨결 숨겨 둔 향기보다
목단화 그 고운 얼굴 위장된 아름다움보다
울안에 훌쩍 뛰어든 봄날 그 햇살같이
그 위에 조는 낮잠 분꽃 그 추억같이
저 혼자 피었다 지는 누이 같은 들꽃이 된다.

아픔을 땅에 묻고 눈물마저 돌이 되면
인연도 놓아두고 집착마저 버리고 나면
땅 깊이 불씨로 타다 거친 숨을 몰아쉰다.
끝끝내 재우지 못한 가슴 속 잉걸불이
눈에서 멀어지면 차라리 그 눈을 감고
저 먹빛 치마폭 위에 서릿빛 그 별이 된다.

산다는 것은 1

돌고 도는 것이 산다는 것이라면
얼레로 풀어 감는 팽팽한 긴장들은
뚝 끊긴 연실 끝에서 허망하게 꾸는 개꿈

저문 밤 절망 하나 강물 깊이 숨어들면
살아온 나날들은 들풀같이 쓰러진다.
메아리 대답도 없이 노을빛은 붉게 타고.

산다는 것은 2

들꽃처럼 피었다 가지는 않겠지
바람처럼 흔적 없이 살다 가지는 않겠지
너와 나 등나무처럼 온몸을 안을 때까지
얽히고 또 얽히어 내 살이 네 몸이 되고
네 몸이 내 살이 되어 하나 될 때까지
아픔은 숨죽인 슬픔 쟁쟁하게 울고 있다.
때로는 산다는 것이 이승의 고행길이지
그 길을 외길로 걸어 일생을 길 위에 서면
꽃그늘 치마폭 위에 한 땀 수(繡)를 뜨는 일.

산수유

누가 볼까 지난밤에 저 홀로 몸살 앓더니
무겁게 짓누르던 하늘 빗장 걷어 내고
야윈 몸 마디마디에 봄빛을 맺었구나

가는 길 막지 않고 오는 길 또 막지 말자
그렇게 욕심 없이 담담하게 살자 했는데
이 아침 꽃 소식 앞에 참혹하게 무너진다.

어쩔 수 없는 날들 인연마저 끊고 나면
너로부터 자유로워 흔들리지 않겠지요.
다짐도 부질없는 일 속절없이 눈물 나지요.

섬

늦은 밤 길 밖에서 한 그루 나무가 된다.
지친 몸 바로 세워 하늘을 이고 서면
바람은 때 묻은 날을 저 혼자서 울고 있다.

어둠이 잘디잘게 파편으로 부서진다.
끝끝내 남는 어둠 낮게 뉘여 숨죽이면
모두들 떠나간 자리 밀려 앉아 섬이 된다.

돌보다 바위보다 무겁게 돌아누워
깊은 잠 자고 나면 밀물 가득 차오를까
섬같이 외로이 앉아 온 밤을 떨고 있다.

세밑에서

뜀박질로 살아온 날들 뒤돌아 바라본다.
부끄럽지 않았는가
용서받을 수 있는가
길 밖에 겨울바람이 차다.
세밑이 불안하다.

두고 갈 수 없는 제 업(業)을 품에 안고

사람들은 저마다 상처를 입는다. 시간 속에서 계절은 오고 가지만
살아온 날들은 되돌아오지 않는다. 처음부터 헛되이 살지는 않았었
지만 남은 것은 모든 것이 헛되고 헛되었다. 스스로를 용서할 수 없
을 때 사람들은 또다시 상심한다. 세밑에서.

우리는 알고 있었지, 사랑만이 용서라는 것을.

소아암 병동에서

봄밤 부스럼이 꽃으로 피어났다.
칡꽃, 그 뒤에 숨은
독버섯 번식력은
묵정밭
무성한 살기
목이 묶인 다복솔

네 살 그 몸 안에서 무슨 꽃이 피었기에
봄날, 물오를 날들을
마른 가지로 야위고 있나
그 가지
꺾어지던 날
눈물 마른 강을 본다.

봄바람은 실성했지
제 머리 산발하고
해산의 진통으로
꽃그늘에 탈진하면
흰 뼈만
남긴 울음들
소리 없이 빠져나간다.

수몰지 단상

1.

꽃뱀이 혓바닥으로 징그럽게 날름댄다.
키 작은 징검돌은 자맥질에 탈진하고
대숲은 벌써 알았을까
바람소리에 울음 운다.

흙먼지 소용돌이로 우울하게 날은 저물고
어둠 속 묵정밭은 종양만이 자라고 있다.
막차에 초라한 들꽃
사람들이 흩어진다.

2.

낯선 땅 풀씨로 앉아 성급하게 내민 꽃대
서릿발 매운 날에 푸른 낯을 비비고 섰다.
산동네 무허가 집에서
구멍탄에 열꽃 피운다.

3.

"대밭이 죽으면은 집안이 망하는 벱이여."
아버지, 그 말씀은 헛되지 않았다.
밤마다 가위눌리며
몽유병에 길 헤맨다.

숲

무너지는 것은 하늘만이 아니다.
힘없는 풀잎들은 바람에도 무너진다.
웃자란 갈대는 먼저 허리 꺾여 무너지고

아우성 무성하던 깊은 숲이었지.
벼락같은 바람 끝에 숲은 무너지고
화들짝 놀란 들국이 낯빛 잃고 쓰러진다.

초록이 붉은색을 색칠하는 캔버스 위
헛-푸른 잎들이 솔잎일지 아무도 몰라
벼랑 끝 노란 담쟁이 한 시절을 붙들고 있다.

실업

세상 속에 머물 때는 울창한 숲이었지
기억 속 화석처럼 굳어 버린 시간들은
옹이로 남은 상처를 나이테에 새긴다.

바람은 품에 품고 눈 비는 안아 업고
휘모리장단 속에 온몸을 내놓아도
끝끝내 떠날 수 없던 경계에 선 목책들

비 젖은 가로수 잎 낮게 엎드려 살면
낙엽 떨군 가지 끝에 노을이 눈물겹다.
새들은 또 다른 숲을 횡단하고 있는데.

아내의 잠

흑백의 공간에서 숨바꼭질하고 있나
파스텔 톤 미소가 물결처럼 번진다.
여행은 홀로 떠나고
곁에 누워 웃고 있다.
꿈속 어디쯤에 희망의 징검다리
눈부신 햇살 끝에 현기증을 풀어놓고
꽃대에 앉은 자식은
왜 이리도 위태로울까
낮은 음 근심 두엇 잔주름에 묻어나고
시계추 초침 소리 자정 넘어 쌓이는데
화장대 백일기도문에
앓고 있는 고3병(病)
늦은 귀갓길을 마중 나가 있을까
바깥 찬바람에 무처럼 바람이 들어
불안에 가위눌린 밤
다리에 쥐가 내린다.

아름답다는 것은

일생을 그림자로 살아온 사내가 있다.

어릿광대였을까. 남모르게 속울음만 태우다 이제 돌아누워 산같이 무거운 사람아. 살아온 지난날이 눈물겨워 아름다운 것은 당신이 당신을 미워하지 않고 누구보다 세상을 따뜻하게 바라볼 수 있었던 것이다. 가진 것 없었으니 나눌 것은 적었을지라도 그 마음 버리지 않았고 비록 가난했어도 남의 것은 탐하지 않았으니 이만하면 한세상 미련 없이 살지 않았느냐. 당신의 황혼을 바라보며 '아름답다.'는 것을 다시 배운다.

누군들 자유로울 수 있는가 제 생애(生涯)에 자문하여.

안개

아침 숲이 젖고 있다.
잠복하라
깊숙하게
게릴라
솜씨 좋게
온 숲을 장악한다.
간밤에
잠든 세상은
깨어날 줄 모르고

어둠도 아닌 것이
빛은 더욱 아닌 것이
천년(千年)을 가위눌려
속앓이로 앉은자리
연막탄
짙게 깔린다.
풀잎들은 침묵한다.

젖은 숲이 걷고 있다.
깊은 잠을 깨어나라
바람도 제 머리 빗고
숨 가쁘게 달려온다.
무심한
세상 속에서
숨죽이던 사람아.

안개비 내리는 날

마을은 외딴 섬
우울하게 머물고
그곳에 닿는 길은
취객의 갈지(之)자 걸음
젖은 숲
내면의 울음을
내(川)처럼 흘려보낸다.
흐린 창 시계(視界) 속에 신화(神話)는 깊어 가고
잔기침 잦은 두통에 냇물은 물구나무선다.
적막을
깨는 새 떼는
저속 비행을 하고 있다.
숲은 더 이상 저항하지 않는다.
멈추지 않는 심장으로 강물은 밀려나고
마을은
흐릿한 안경 속에
포승줄로 묶여 있다.
고통의 바다에는 난파된 섬이 점점이
저기압 신경통에 절름발이로 떠 있다.
목청을
거세당한 개는
한 울음도 걸러 내지 못한다.

안개 속에서
-토함산

마분지 흐릿한 장막 천년을 덮고 있다.
실종된 미소 뒤로 두꺼운 슬픔 숨기고
견고한 경계선 넘어 연막탄을 던지고 있다.

가늠할 수 없는 거리 숨죽이던 깊은 불안
잿빛 하늘 두통으로 무겁게 숨어들면
발길에 짓밟힌 풀잎 쓰린 상흔 울고 있다.

석탑이 무너지고 돌멩이로 폐기되면
돌아올 메아리 없이 푸른 목청 거세된다.
한 울음 토해 내지 못하고 밀려오는 절망감

속내는 숨겨야지 어둡게 돌아앉은 산문
거친 숨 몰아쉬며 산정을 오르고 있다.
안개비 젖은 눈물에 닫힌 시계(視界) 닦고 있다.

어머니

날이 저문다.
들녘엔 노을 붉고

수묵빛 세상은 어둠에 잠기고 있다.

어머니
산으로 누워
가슴 위로 달이 뜬다.

왕십리
- 바람

성긴 눈 흩뿌리며
빈 들녘 바람이 분다.
외진 땅 갈대숲은 귓속말을 소곤대고
북서풍
불고 간 자리
잉걸불이 눈을 뜬다.
거센 바람 봉홧불로
파발처럼 전해 오면
안개는 낮게 앉아 온 들을 덮고 있다.
어둠이
걷히기도 전
술렁이는 산매화

십 리 길 성문 안은
흉흉한 소문이 돈다.
문둥이 지나간 길에 떨어지는 보리모가지
토포사
그는 알고 있을까
저 바람의 뒷모습을.

우기의 저문 숲

안개비 젖은 숲에 저문 길을 걷고 있다.
옹이진 바위틈에 왜소증 앓는 소나무
어둠을 기대고 서서 푸른 울음 삼키고 있다.

텃새는 숲을 떠나 사람의 마을에 숨고
속울음 토해 내면 선짓빛 맨드라미
축축한 등을 보이며 검은 숲이 침몰한다.

우울한 날들은 우기처럼 계속된다.
대나무 텅 빈 속에 신경통은 잦아지고
낯설게 돌아눕는 숲 밀려오는 깊은 잠

삼십 촉 알전구에 전염되는 별꽃무리
두껍게 누르고 있는 어둠을 깨우고 있다.
실어증 닫힌 세상을 미닫이로 열며 두며.

용욱이네

1.

밤열차는 사람들을
멀미처럼 토해 낸다.
걸신들린 어둠은 흔적들을 지우고
부황 난 얼굴 숨기며
꽃잎 떨구는 개나리

2.

변두리 척박한 땅
문드러진 손금 따라
울 아빠 한 이랑 두 이랑 행복을 심는다.
그 꽃밭 환장하게 핀 불
그 불에 징역 가더라

3.

"노을 진 들녘[7]"은
술집 작부 엄마 울음
풀잎은 시름시름 마른 빛에 엎드려 운다.
우리는 라면박스만 한
벌집에서 등 굽혀 울고

---

7   맥줏집 상호이다.

4.

술 취한 밤이 휘청
빨랫줄에 걸려 있고
하현달은 위태롭게 링거병에 창백하다.
이제는 흩어진 꿈의
조각들을 모아야 한다.

유년기 단상

1.

허물어진 폐촌들에 낮게 누운 담쟁이
더듬이 손 내밀어 하늘을 밀어 올리면
붉은 놀 수다스럽게 뚝 넘어 무너지더라
날빛 푸른 꿈들이 어둑어둑 몰려가고
어둠에 몸을 숨겨 세상 밖 기웃거리면
네 몸이 감춰지더냐
아픈 허물 기억들이

2.

도시는 더 이상 꿈을 꾸지 않았다.
꽃들은 아침이면 목대가 꺾어지고
간밤에 무사한 것은 무기력한 허무 몇 개

3.

몸에 묻은 허기는 새벽길에 풀어놓고
짐바리 자전거에 박이 되어 열린 술통
아버지-
그 박을 타면
왜 그리 헤프던지,
웃음이.

유년의 강

맑은 먹빛으로 깨어나는 새벽 강이
서먹한 풍경들을 퍼즐 조각처럼 펼친다.
안개 속 탁한 기침에
기미낀 얼굴
내밀며
흑백, 그 빛깔 속에 불씨 하나 타오르면
창창한 서릿발도 숨죽이며 물러앉고
말없이 옷섶을 열어
어둑새벽
담아낸다.

검은 낯바닥 굴곡 깊은 날들을
안개로 풀무질하며 엎드려 울던 속울음
물이랑 살아 오르는
치맛주름에
감춘다.
세상은 어둠처럼 헝클어진 실타래
맺히면 풀 길 없는 생각의 갈피들을
꿈꾸듯 흘려보내는
네 그림자
위태롭다.

유년의 집

선술집 전방(廛房) 이후 볕 드는 집은 없었다.
새벽녘 어둠 털며 자전차에 싣던 짐은
아버지 문드러진 어깨 지탱하던 하늘이었다.

사글세 단칸방에 나팔꽃 피는 아침
이 빠진 앉은뱅이 상(床) 시장기로 늘상 앉아
빈자리 그림자에 묻혀 깔깔대며 꽃이 핀다.

등 뒤로 검은 멍을 달팽이집으로 살면
꽃잎 붉은 새끼들은 그늘 없이 살 수 있겠지
먼 기억 황토흙 집에
바람이 분다.
아- 아버지.

유혹

봄밤 짙은 어둠에 꽃뱀은 변신한다.
붉은 혓바닥에 풀잎들은 얼어붙고
쉿! 조심, 몸을 낮추면 무너지던 저 하늘

이제는 매운 날들 견딜 수도 있으련만
꽃샘추위 가문 날에 제 몸에 뜨는 생채기
다독여 묻어 두어도 숨어 앓는 몸살인가

가슴속 밑바닥에 불씨 하나 숨겨 둔다.
어쩔 수 없는 마음 바람에 두고 가면
휴화산 그 깊은 열정 품에 안고 갈지 몰라.

을지로 1

겨울이 콜록이며 지하보도에 누워 있다.
혹한에 폭설 속에 텃밭마저 잃은 걸까
뒹구는 막소주 병에 바람이 갇혀 있다.

어둠이 낮게 내려 한기가 깊어지고
이 밤도 주술처럼
미라로 누워 있어도
그 꿈속
꽃잎 터지는
보라, 저 전율 동백을.

을지로 2

봄은 정말 올까
아직은 바람이 차다.
싸락눈 허기지더니 폭설이 쏟아지고
긴 동면 그 끝을 잡고 무너지던 저 하늘
길들도 잠을 잘까
가위눌려 지쳐 있고
길 잃은 낮달은 파랗게 질려 있다.
바람이 어깨를 친다.
장승같이 몸이 무겁다.

을지로 3

어둠은 어머니다.
밤이면 늘 마중 나와
집 잃은 철새들이 한 철을 머물고 있다.
달팽이
제 집을 지고
찾아드는 지하보도

쓰디쓴 담배 연기
토해 내는 저기압은
손등에 묻은 한기 툭툭 털며 낮게 운다.
막소주
붉은 얼굴은
정리하지 못한 연민인 것을

간밤에 낮은 기침
해수처럼 콜록였지.
지독한 한랭전선 뼛속을 스며들고
빈자리
채워져 간다.
짙은 울음 바람이 분다.

우우- 우는 가로수

어둠은 깊어 가고

희미한 새벽이면 풀뿌리 꿈은 깊다.

어머니

아직은 바깥세상

등질 수는 없었지요.

을지로 4

헛디딘 발목으로 푸른 동상 내려앉고
한 줌의 흙으로는 속내를 감출 수 없다.
세상에
드러낸 몸은
야위어만 가고 있고

입술 푸른 별들이 검정 하늘 수(繡)를 놓고
몸 누인 지하 셋방 성긴 눈 내리고 있다.
웃풍은
멈추지 않고
관절마다 숨어 울고

아픔을 끌어내어 묵은 때 헹구어 내며
등줄기 타고 오는 한기(寒氣)를 밀어낸다.
꽃으로
피우고 싶었다.
몸에 남은 시름들을.

인연

만나고 떠나는 일이 하나일 수는 없는 일.

눈이 내린다. 성긴 눈발 서럽디서럽게 내린다. 아무도 이 밤을 위하여 기도하지는 않는다. 홀로 잊히지 않으려는 몸부림으로 몸살을 앓고 있다. 춥다. 몹시 춥다. 이불 속으로 깊이깊이 몸을 숨기며 울고 있다. 그 울음 겹겹이 쌓이면 구름이 될지 몰라 그렇게 눈으로 내릴지는 더더욱 알 수 없어

언제쯤 이 아픔 내려놓고 자유로울 수 있을까.

일상

더위 먹은 풀잎이 노숙자로 눕는다.
도시는 버짐꽃 피는 흑백사진에 절망하고
검은 입 빌딩 앞에서 절름발이로 서 있다.

한낮의 어둠은 일식(日蝕)으로 내려앉는다.
쌀뜨물 낯바닥에 풍경은 소란하고
썰물에 밀려난 어깨 짓누르는 오십견(五十肩)

습관이 지배하는 날들 외발자전거에 위태롭다.
적의(敵意)는 늘 내 주위의 긴장된 거리에 있고
쓴웃음 은폐물 삼아 외줄 타는 곡예비행.

장마

1.

저기압 검은 하늘에 울음이 고인다.
음울한 기억들은 검버섯으로 피어오르고
불안은 불어난 강물처럼
문지방을 넘는다.

울음에 젖은 꽃들은 모가지를 꺾이고
방심한 풀잎들은 비명 속에 짓밟힌다.
때 묻은 세간살이는
물이끼로 떠 있고

2.

침침한 눈을 비비며 밀려오는 어둠은
벽 속에 갇혀 있는 소름을 깨우고
불빛은 안개꽃 속에
졸음으로 묻어 있다.

어둠이 고인 물처럼 내려앉은 방 안에서
먹다 버린 종이 팩 속의 우유는 부패한다.
장(欌) 속에 유폐된 나는
폐사(斃死)하는 짐승인가.

저문 가을 산에서

저문 날 땅거미로 가을 산을 올라 누워
노을은 어둠에 주고 수묵화로 놓인 세상
비워도 비워지지 않는 집착 하나 붙들고 있다.

몇 겹의 가면으로 위장하며 살아온 날은
갈잎 한 장 무게로 와르르 무너지고
긴 겨울 또 다른 집착 기다림은 시작된다.

얼마나 더 외로우면 홀로 사는 법을 알까
어둠 속 웅크리고 앉아 나무는 울음 운다.
그렇게 눈물 흘리고 나면 나이테는 늘어날까.

저물 무렵

1.

습관처럼 땅거미는 마을에 내려앉는다.
눈시울 붉게 태우며 어둠은 촘촘히 오고
고샅길 탱자나무 숲 떠돌이새가 숨어든다.
먹빛 세상 풍경 속으로 볏짚단이 허물어지면
처마 밑 백열전구 드문드문 꽃이 피고
해거름 해바라기는 울화병을 태우고 있다.

2.

어둠이 흐린 창에 옷을 벗어 걸어 두면
하늘은 검정도화지 깨꽃을 흩뿌리고
평상에 무겁게 누워 푸른 바람 펼친다.
그리운 몸살 따라 살갑게 밤은 오는가.
아픈 손 어둠에 주고 불빛 하나 건져 오면
나팔꽃 꼭 다문 입술 검은 속병 여물고 있다.

주점(酒店)에 대한 몇 개의 단상

1.

박쥐의 검은 동굴 우울한 기억이다.
촘촘한 담배 연기 포충망에 걸린 꿈이다.
정물로 희멀겋게 뜬 낮달 같은 내 화상이다.
오래된 축음기에 토막 난 노래이다.
뒤집힌 고무신짝 옛 애인의 추억이다.
맥반석 돌멩이 위로 뒤틀어진 오징어다.

2.

절망을 쓸쓸하게 술잔으로 비워 낼 때
삼십 촉 전등 아래 비명은 소스라치고
취객은 무너진 석상 표정 없이 유폐된다.
귀 기울이지 않는 독백은 개뼈다귀
빗금 친 창문 틈새 흐린 세상 마주하면
새벽은 구토로 와서 휑한 눈길 두고 있다.

중년(中年) 1

먼 길 돌고 돌아 남루해진 푸른 기억
희미해 다시 보니 안개 속에 갇혀 있다.
한 사내
옹이로 앉아
소리 없는 비명으로

몹쓸 꿈 걷어 내면 유리처럼 투명할까
토막 추억 몇 장이 힘없이 나뒹굴고
건조한
나이테 속에
꼭꼭 숨은 울음 하나

마른 담배 연기 뒤로 쓰러지던 세상들은
천 근 목말 무게로 엎드려 상심한다.
흔들지
못한 세월은
단풍 고운 모습일까.

중년(中年) 2
- 아침 풍경

아내의 아침은 늘 볼륨 높은 기상나팔
누에잠 툭툭 털며 무겁게 일으킨 몸
어제의 묵은 근심을 하수(下水)물로 풀어낸다.

습관도 학습되어 생활을 구속한다.
세면대 거울 앞에서 변신은 익숙하고
식탁에 마른 빵 조각 입안에 핀 서릿발

늦었다.
비명처럼
소스라치는 세상으로
문밖을 나서면
낯설다.
풍경들이
승강장 낯익은 얼굴
늘 외면한다.
타인들을

표정 없는 얼굴들이 갈잎으로 부산하다.
가판대 무료신문 여행길을 떠나고
사내는 지하열차에 수화물로 탑승한다.

아무도 알 수 없는 전쟁의 서막일까
몸과 몸 사이에 경계의 벽을 쌓고
뒤엉킨 삶의 무게에 저항하며 떠내려간다.

지하철에서

어둠 내린 지하역에 수하물로 던져진다.
갈잎 같은 고단함이 어깨 위로 떨어지고
제 한 몸 흔들리지 않게 손잡이에 의지한다.

석고로 빚은 얼굴 표정 없이 졸고 있다.
마주친 눈 외면하며 완강하게 남은 너는
차창에 그려 넣은 풍경 소품처럼 놓여 있다.

더불어 사는 인연 신문 속에 갇혀 있다.
흐릿한 의식 속에서 사람들이 익사할 때
언제나 닻을 내려 둔 무관심이 공범이다.

서먹한 객차에서 절망에 저항하며,
보따리장사는 무겁게 희망을 내려놓는다.
그렇게 파도가 잠시 출렁이며 밀려온다.

창밖으로 보는 겨울 풍경 1

-겨울나무

분주한 도심 한복판
함박눈 내리고 있다.
우산이 낯설지 않으니
꿈을 잃은 때문일까
삽화로
눌러앉은 가로수
눈꽃 송송 피우고 있다.

눈꽃송이 굵어지더니
나비 떼로 날아오른다.
창밖으로 내다보는
겨울나무 야윈 가슴은
푸른 꿈
나래 치는 비상(飛上)
두 팔 벌려 진(陣)을 편다.

창밖으로 보는 겨울 풍경 2

- 나무의 꿈

1.

언 땅 깊이 뜨거운 손 아프게 내미는 것은
여물던 기다림에 예감하는 푸른 꿈이다.
창밖에
헐벗은 몸으로
비상을 꿈꾸는 것이다.

2.

시린 가슴 떨림으로 지상의 바람을 만나
함박눈 쏟아지도록 하늘을 흔들어 본다.
꿈속에
푸른 갈증을
꼭꼭 눌러 삭이고 있다.

3.

검은 강 그믐 건너 새벽 같은 초승이면
산같이 드러누운 어둠도 끝이 나겠지
끝끝내
무거운 어깨
완강하게 버티고 있다.

창밖으로 보는 겨울 풍경 3
- 겨울바람

바람의 뒷모습은 지독하게 쓸쓸하다.
나무에 몸을 실어 겨울 햇살 끌어안고
동천(冬天) 그, 푸른 한기(寒氣)를
저주처럼 쏟아 낸다.

가진 것 모두 주고 남은 것은 긴 기다림
빈자리 채우고 앉아 한 몸 되어 울고 있다.
북풍(北風) 저, 비수(匕首)를 겨누어
몸을 베고 있다. 시리게

생채기 품어 안고 인고의 강 건너서면
텅 빈 들녘 해일로 일던 가슴앓이 끝이 날까
동토(凍土) 그, 천형(天刑)의 땅에
머리 풀고 눕는다.

창밖으로 보는 겨울 풍경 4
- 사람의 꿈

1.

얼마나 더 여위어야 슬픔은 끝이 날까
바람에
한데 바람에 온몸을 의지한다.
꿈으로 끝없는 길을 홀로 걷는 나무같이

2.

그래, 나를 버리면 뒷모습은 아름다운 것을
욕심에
질긴 인연에 흐르는 물결인 것은
아직도 헛일 때문에 흔들리는 마음 하나

3.

눈물도 웃음도 없이 빛깔 또한 없이 살자.
비우고
또 비워서 세상이 고요할 때
창밖에 피었다 지는 노을빛이 아름답다.

창밖으로 보는 겨울 풍경 5
- 마음의 집

고단한 몸을 세워 저문 길에 서성인다.
돌아서 찾아가면 누울 곳 없을까만
하늘땅
마음 둘 곳 없어
바람 함께 떠돈다.

밟히는 자국마다 살아온 길인 것을
때 묻은 인연들이 몸 하나 숨길 곳 없다.
돌아서
내민 손바닥
머물고 있는 절망 몇 개

산다는 것은 기다림 또 다른 집착인가
성긴 눈 휘몰이로 쉴 새 없이 몰아친다.
이승은
징역살이지
머물 집은 지어야 했다.

청령포[8]

두고 온 사직의 뜰 안개 속에 아득하다.
살을 찢는 아픔으로 지어미를 헤어져서
해 저문 강물에 띄우는 그리움이 시퍼렇다.

섬같이 고립되어 시름으로 벗 삼으면
천하를 주고 남은 목숨 하나 간사하다만
울어도 메아리 없는 저 강이 야속하다.

솔밭 길 굽이돌아 강물은 청청해도
돌릴 수 없는 수레바퀴 핏빛 노을만 붉고
활시위 팽팽한 긴장 위태롭게 떨고 있다.

---

8 강원도 영월에 소재한 단종 유배지다.

풍경

어둠이 다발로 묶여 좌판 위에 올려지면
청무우 매운 날들 우울하게 지쳐 있다.
정지된 흑백 사진에 판화로 뜨는 풍경 하나

황사빛 세상 속에서 시계 흐린 야윈 유년
징검돌 훌쩍 뛰어 마주 앉은 허한 중년
빛바랜 그리움으로 검은 노을 풍경 둘

살아온 흔적들을 돌아보면 풍경 몇 개
머리에 인 고무대야 천 근 무게 전해 올 때
어머니 당신의 모습에 다시 앓는 이 아픔.

하행(下行)

가을볕 들에 주고 아픔만 데려간다.
가진 것 없었으니 빈손으로 쓸쓸한 길
더러는 때 묻은 날들 눈에 밟혀 눈물 난다.

산산이 깨어져라 흔적 없이 부셔져라
어차피 오를 수 없는 바벨탑이었다면
아쉬움 미련까지도 깊이깊이 땅에 묻자

인고(忍苦)의 나이테를 제 몸에 새기면서
나무는 맨몸으로 긴 겨울을 횡단한다.
하행(下行)길 내 걸음에도 그 세월을 담을까.

한강 1

내 사랑 네 이별이 맞바람에 새파랗다.
헛되이 뜬 초승은 동천(冬天)에 몸을 떨고
이마저 쨍그랑 깨며 물수제비 뜨고 있다.
어둠이 깊어지면 그리움도 깊어질까
홀로 되어 누운 셋방 겹겹이 시름을 쌓고
그렇게 몸살 앓으면 동백을 피울지 몰라.

한강 2

흐르는 것이 숙명인 것을
얼어붙어서야 알 수 있었다.
제 가슴에 바윗장으로 쩡쩡 우는 한나절을
철새는 강둑에 앉아 허기를 눌러 죽이고 있다.
여백의 자리였나
낮달 같은 가로등이
빈혈의 이마를 짚고 수직으로 쓰러진다.
저문 강 불빛 익사체 시퍼렇게 떠오를까.

한강 3

더 낮게 우는 울음 해묵은 그리움인가
상처로 앉은 가슴앓이
이제는 폐기해야 한다.

왜 너는
저만치 서서
다가올 줄 모르는가.

한강 4
- 원리

아내의 꿈속에 동백이 피었다지요
그 숨결 가슴에 안고 몇 날을 울었다지요
저 강에 봄이 오기 전 동백은 떨어졌고요

몇 번의 봄이 가고 늦은 가을날
그녀는 갈대처럼 들이 되어 쓸쓸했고
바람을 따라 떠돌다가 집을 하나 짓지요
그날 이후 동백 한 그루 화분에 심어 두고
봄날을 기다리며 매일 같이 기도하지요
그 꽃이 다시 피는 날 웃음도 찾아지겠지요.

한강 5

사람이 그립거든 저문 강으로 가라
울다 지친 노을이 붉은 눈자위로 지고
집 떠난 철새들 모여 화톳불을 놓고 있다.
그래도 또다시 사람이 그립거든
뉘엿뉘엿 지는 노을에 네 몸을 뉘여라
아직은 얼어붙은 가슴 끌어안고 갈 일이다.
그렇게 밤은 깊고 눈물 잦아지거든
강물로 흐르다가 눈빛 맑은 별이 되거라
세상에 슬픈 사연들을 따뜻하게 감싸 주어라.

한강 6

눈물 젖은 눈으로 강은 늘 깨어 있었지
저 홀로 잉태한 안개
땅거미로 밀려오고
한 치 앞
내다볼 수 없던
두려움은 무엇인가

상처 입은 가슴이 아픔을 감출 수 있을까
속병 검게 태우며
천식으로 쿨럭인다.
햇빛도
들지 않는 골목
낮은 울음 삼키고 있다.

지독한 몸살 앓으며 백지장처럼 창백하면
억새풀 목이 잠겨
꺼이꺼이 흐느낀다.
어둠은
죽음의 그늘
소리 없이 번지고 있다.

한강 1

어둠은 소리 없이 세상을 잠식한다.
불나비 욕망으로
서성이는 강변북로
들개의
푸른 눈빛이
섬뜩하게 지나간다.

홀로된 설움으로 자맥질하는 밤은
뜨내기 사랑인가
시든 꽃잎 떨군다.
숨어서
눈물 두엇을
밤별 점점 뿌리고

굳은 몸 쩡쩡 울려 목 놓아 울고 나면
서먹한 어둠 깨고
새벽이 밀려올까
시린 발
제자리 뛰며
기다리는 불잉걸.

한강 8

북풍이 매섭거든 강으로 가서
제 생(生)을 멈추고 선 박제된 강을 보아라
동천(冬天)은
얼굴 푸르게
어깨 짚어 누워 있다.
눈물이 마르고 나면 소금빛 일어날까
먼바다 역풍으로 밀려오는 바람들이
언 가슴
부둥켜안고
산발한 채 떨고 있다.
저 강이 몸을 풀고 노을 붉게 타는 날
산 같은 울음으로
목 놓아 울어 보아라
묻어 둔
속엣말마저
감싸 안고 흘러가거라.

한강 9

가을볕 묻어 두고 이삿짐을 쌓았지요
날은 저물고
시름만 깊어가데요
어둠에
몸을 숨기고
철새처럼 떠나왔지요

아세요, 헛디딘 발 산동네에 눌러앉아
발목 잡고 놓지 않는
허기 같은 가난에
때로는
노을 속으로
뛰어들고 싶었지요

텃밭 잃은 철새들이 찾아드는 인력시장
"한대(寒帶)바람 매섭디다."
사는 게 다 그렇지만
빈손만
날리고 오는
그 인정이 더 춥구요.

한강 10

겨울은 창백하여 슬픔이 많은 거야
하염없이 내리는 눈 가슴 가득 담아낸다.
얼마나
지독하게 울어야
저 눈물이 그칠까

울다 눈 그치면 그 빈 여백에는
화장기 없는 얼굴 가로등이 쓸쓸하다.
살아온
세월만큼은
아름답게 두고 싶은데

흐르는 것이 어디 저 강물뿐일까
강물도 때로는 머물고 싶을 거야
아픔이
멍울로 앉아
푸른빛을 단장한다.

한강을 보며
- 개로왕

강 건너 토성을 쌓고
세상의 문 열린 이후
아단성[9] 깊은 숲은 무장한 산성수비군
끝끝내 사수해야 할 강
배수의 진을 친다.

한낮에 일식이 있고[10]
어둠은 계속되었다.
북풍은 날로 거세고
세상은 무너진다.
저 강이 불타고 있을 때
목이 꺾인 숲이 된다.

---

9 서울 광진구 광장동에 위치한 백제의 성으로 아차산성, 장안성, 광장성 등으로 불린다.
10 백제 개로왕 14년, 서기 468년에 일식이 있었다는 기록이 있으며 이로부터 7년 후
   아단성에서 개로왕은 고구려군에 체포되어 비참하게 죽는다.

한강을 보며
- 안개

겨울강 푸른 낯바닥
푸석하게 비비고 있다.

간밤에 몸을 푼 안개 한기(寒氣)에 독이 오른다. 꽃다발 희미하게 가
로등은 버려지고, 가위눌린 잠 속에서 강은 변신을 한다. 그렇게 옷
을 벗으며 까칠한 속살 내비친다.

강촌(江村)에
살고 싶었지

그래, 철새 떼 죽어 가는 강에…….

한강을 보며
- 온달

눈물은 구속이더라
사랑은 벗을 수 없는 굴레
평강은 흐르는 물
깊디깊은 강인 것을
그 물에 젖은 날들이
칼칼하게 살아난다.

개천에서 용(龍)이 낳지
흔하디흔한 말 속에
제 속을 숨기고 산
당신은 자유로울 수 없다.
그 업(業)을 풀 수 없었을까
죽어서도 바위로 눕는다.

한강을 보며
- 온조백제

땅거미 심술부려 노을마저 검게 탄다.
바위틈 다복솔은 가부좌로 틀어 앉아
깊은 잠 꿈꾸는 강에 몽유병을 앓고 있다.

유민은 지친 바람 철새 떼로 몰려가고
구르다 목을 놓아 검은 피멍 울음 운다.
자꾸만 왜소해지는 네 모습이 눈에 밟힌다.

해 뜨던 흔적들은 토성과 함께 묻혀
깨어진 옹기 조각 파편으로 숨을 쉰다.
빛바랜 흑백 사진에 푸른 아픔 강을 본다.

해미읍성[11]

1.

이 땅에 사는 것이 풀잎보다 하찮을 때
황톳빛 타는 허기를 보릿대로 달래고 있다.
들녘에 풀뿌리 역사
강물처럼 흐르고

잊혀져 살아야 했지
대숲에 숨은 바람아
소문은 안개 속에서 무성한 전설이 된다.
무너질 노욕을 위해 가슴 찢는 핏빛 노을

읍성은 폐기되어 백 년을 견고했고
어두운 음모 속에 살기는 푸른 소름
광기는 해일로 일어 온 세상이 떨고 있다.

2.

내 아이 유년의 봄날 바람같이 숨어든다.
후미진 솔밭에 앉아 햇살을 분지르면
기역자 꺾인 나무 밑 몰려가던 개미 떼
떠날 수 없었을까

---

11 서산에 위치한 성으로 대원군의 천주교 박해 때 감옥으로 사용되어 1천여 명의 천
    주교도가 처형된 곳이다.

검은 상복 주린 허리로

십자가 등에 지고 파도 같은 울음 울 때

그제야 성벽을 넘던 수많은 넋 저녁 햇살.

홍천강 일박

1.

산허리 절개지를 수직으로 잘라 내면
한낮의 타는 욕망
강은 지쳐 몸살 앓고
도회지
동행 삼은 길
심술같이 짐을 푼다.

2.

날은 저물고 검은 강은 익사한다.
어둠 저편 깊은 산은 절벽처럼 완강해도
일회용
별똥별인가
폭죽 앞에 숨죽인다.

3.

모깃불 푸른 연기 머리 풀고 있는 동안
온 밤을 노랫소리 잠을 잃고 떠돌다가
때 묻은
욕심 때문에
뒤척이는 강물 소리

4.

어둠이 옷을 벗고 새벽안개 산을 오른다.

눈 비벼 불러온 강

푸른 세상 부활하면

이대로

바위가 되어

풍경으로 남고 싶다.

회귀

1.

어둠은 잿빛 안개 땅거미로 스며든다.
산발한 대숲 속으로 굴뚝새 회귀하면
울 엄마
갈퀴 같은 손
젖은 눈물 훔친다.

2.

댓잎에 맺힌 이슬 푸석하게 얼굴 내밀고
지난밤 앓던 시름 구름 검게 피어오른다.
미닫이
누런 창으로
내다본 세상 서먹하다.

3.

썰물로 밀려와서 파도같이 울음 울어
고샅길 붉은 고추 맵디맵게 마르고 있다.
가을볕
가슴에 묻어
아픈 기억 달래 본다.

글밭 2 시

4월 폭설

봄꽃 지천으로 피던 날
황사 바람에 하늘이 노래지더니
세상에나
거짓말같이
폭설이 내리더라
아직 덮어 두어야 할 진실이 있는지
이 봄날
가슴속 깊이 환장하게 타오르는 들불
그 꽃잎
떨어지더라.

겨울비

젖을 가슴은 없다.

길 양편에 늘어선 가로수에도
더 이상 젖을 가슴은 없다.

날은 저물고
겨울 하늘 위로
쓰디쓴 담배 연기를 주먹질로 내뱉는
사내의 가슴에도
더 이상
젖을 가슴은 없다.

겨울에
비에 젖을 가슴이 있는가!

가을

간밤
아내의 잠 속에서 겨울 준비는 시작된다.
신경통으로 내린 찬 서리에
지난여름 도시 변두리 산동네에
무성히 자란 호박덩굴은
절망을 남기고
아침상에 서먹한 한기가 앉는다.
어느 날처럼
출근길 만원 버스 차창을 넘어
개척교회를 지나고
"오늘도 무사히" 소녀의 기도를 본다.
기억 저편
동백꽃같이 터지던 아내의 처녀성
그 순결의 환희는
감잎 붉게 단풍으로 떨어지고
흔들리는 차 안에서
낙엽보다 가볍게 길가에 내려서면
행복하라고
어설픈 작별 인사를 나눈 친구는
탄광촌으로 떠나고
가을 낙엽 같은 엽서가 날아온다.
그날 아내의 신혼은
버려진 연탄재 속에 하얗게 상심하고

한 장의 연탄불이 될 수 없는 절망으로

쓰디쓴 담배 연기 속에

한 점 가을을 태우고 있다.

겨울의 시작 1

간밤에
첫눈이 내렸다.
출근길이 몹시 춥다
명예퇴직 찬바람이 불어 가고
정리해고 한대(寒帶)바람이 불어오고
깨어있는 사람들이
화톳불 피워 놓고 모여라 한다.
모여서 싸우자 한다.
싸우면 이길 수 있을까
정말 이길 수 있을까
십이월이 성큼 다가오고
세밑이
불안하다.
겨울이 시작된다.

겨울의 시작 2

찬란한 가을 햇볕 사이로
단풍잎 저리 곱게 지고
찬 서리 내리더니
간밤 몸살 앓으며 겨울이 온다.
빈 들
빈 하늘에 마른 나뭇가지 슬피 울고
잊혀지지 않기 위하여 사람들은
아침 미닫이 창가에 첩첩이
그리움을 쌓고
가을 낙엽에 떠난 친구들을 호명하며
안부를 전한다.
겨울은 이렇게 시작된다.
사람이 그리운 날에.

겨울 포구(浦口)

눈물을 눌러 죽이는 아픔과
그 아픔을 눌러 죽이지 못한 눈물이 만나
겨울 포구에 서성인다.
한대림(寒帶林)을 떠나온 바람이 갈대숲에 숨어들어
칼빛 울음을 울고
사람들의 외출이 금지된다.

떠나는 자(者) 돌아올 줄 모르고
돌아오는 자(者) 철새로 머물고 있다.
아무도 돌보지 않는 들밭에
아직 남아 있는 자(者)
긴 동면(冬眠)을 시작하고
포구(浦口)에 흉흉한 소문이 돈다.

삼대(三代)째
남의 땅 산지기 생활에
집안이 망한다고
집을 떠난 아재는
포구(浦口)에 고무신 뒤집혀 떠오르고
그날 이후
대밭에 물이 든다고
마을이 수몰된다고
안개에 덮인다.
더욱 짙은 안개에 덮인다.

대밭 사이로
어둡게 하현(下弦)의 달이 뜨고
뎣이 놓인다.
머무는 자(者) 모두 생채기 걸머쥐고
떠나는 자(者) 모두 뿌리 뽑혀 들밭에 서서
저들의 슬픔을 울음으로 토해 내면
겨울 포구(浦口)에 살얼음이 위태롭다.

아무도 모른다.
진정 아무도 모른다.
어디서부터 시작된 전염병인지
이 지독한 전염병의 진원지를

겨울 풍경화
- 여백의 미학

누가 그리다 만 그림일까
해일 같은 눈이 내린다.
한 떼의 새가 날아오르고
그 부리에
낮바닥 푸른 겨울 햇살이 눈부시다.

여백으로 누워 있는 겨울 들녘
무엇을 그리려 했을까

해수 앓는 늙은 화가
토해 내는 마른기침을
구름으로 그려 내고
그도 같이 장승으로 들에 서서
몸 접어 엎드리면
산부리 험한 재가 되어 앉는다.

일평생
이름 없이 살다 간 늙은 화가의
마지막 겨울 풍경화
그 여백을 즐기고 있다.
나 홀로.

광주에서

1.

무디게 무디게 살고파서
칼끝을 세우지 않는 것은 아니다.
피고름이 흘러도
아픈 상처 부둥켜안고 울 수밖에 없던 이웃들
가난을 사랑할 수 없어
가난을 증오하는 것은 더욱 아니다.

2.

사랑은 마음만은 아니다.
사랑은 대상을 이해하는 것도 아니다.
사랑은
맷돌같이 떡메같이
그렇게 몸으로 몸으로만 할 일이다.
참나무같이
한 알의 밀알같이 썩고 난 후에야
사랑할 일이다.
용서할 일이다.

겨울 홍제천

새는 날지 않았다.
더 이상 이 하늘에 새는 날지 않았다.
흥남교에 긴 겨울을 예고하고
천변에 아이들만이
철새 떼로 모였다 흩어지면서
풀뿌리 같은 희망이
이 땅에서는 용서받지 못하고
얼어 죽었다.
황혼이 깊으면
청무우 낯바닥을 비비며 사람들은
상심하고
겨울새처럼 흥남교에 둥지를 튼
새댁의 흘러야 할 젖줄은 흐르지 않는다.
아무것도 흐르지 않는 이곳 홍제천에
성긴 눈이 내리고
빈병에 갇혀 울부짖는 겨울바람이
이곳을 지키고 있다.
봄은 멀고 산고의 아픔으로
겨울밤은 깊은데
모두 어디로 갔는가
톱밥난로 그 따뜻한 안식을 찾아
배반의 역사를 선택하는가
겨울 천변에 모여

화톳불을 놓으며
이 시대의 어둠을 쫓는가
다시 시작된 풀뿌리 같은 기다림으로
저 찬란한 봄날
진달래 함성을 꿈꾸며, 지금
우리는 긴 겨울을 횡단하고 있다.

광주역에서

돌아오는 자(者)
무등의 바람이 되고
떠나는 자(者)
영산의 노을이 된다.
비에 젖은 가슴 울음으로 감추고
포장마차에 저마다의 삶의 부피를
그림자로 남기며 사람들은
빈 잔에 살아온 세월을 채우고 있다.
그대 기뻐하는가
꽃으로 피어라
그대 슬퍼하는가
강으로 흘러라
그렇게 남녘 들밭에 앉아
아픔의 깊이를 보아라 아니
용서의 세월을 보아라
늦은 밤
마지막 상행선이 떠나고
남아 있는 자(者) 어둠 속에 넘어지면
이 땅에도
새벽이 올까
나팔꽃 꽃잎 터뜨리며
얼굴 고운 아침이 올까.

광주천

어느 산
어느 물을 따라왔을까
보길도를 떠나
광주로 유학 온 친구 녀석은
명주실 풀어내듯 오월 하늘을 오르고
사랑할 수밖에 없는 이웃들의 가슴을
햇살처럼 흐른다.
온 산
온 물을 마셔 버리고
오월 하늘의 별빛이 된다.

귀향

들깻잎 한 입 베어 물고
토지등을 돌아서면 산바람에
어머니 모시치마 곱게 날리고
햇살은 풀잎마다 부서져 내렸지
등짐지게 한 아름씩
신작로 길을 걸어 나오면
땀샘마다 일어서는 먼지를 마시며
당골네 오 씨의 소식을 만났지
아들 녀석이 읍내에 식료품 가게를 차렸다나
"효자 났지 암 효자 났고 말고"
이제 오 씨의 신명나던 큰굿도
기우제도 못 보겠구먼
정자 그늘에 얘기꽃을 알고 있는지
감꽃은 뒤뜰에서 시린 기억을 낳고
막내고모 기다림처럼
아이들은 시골행 완행버스에 매달렸지
"우리 누나는 안 왔는 갑다."
돌아서는 뒷모습에서 눈물을 줍고 있을 때
강물로 뛰어드는 한 떼의 아이들
그 속에서 오후의 한나절이 자맥질하고
검정 고무신에 황혼이 가득 들어찼지
그때서야 돌다리 이끼를 지나
마을에 들어서면

모래밭에는 아이들의 웃음소리만 남아 있었지
집집이 등잔불을 밝히고
문득, 뇌리를 치며 생각이 난다.
큰댁의 형은 돌아왔을까
강물에 흰 배를 보이며 익사한
순이를 잊지 못해
강물이 된 순이를 붙잡겠다고
강물을 틀어막겠다고
마을을 떠난 형은 소식이 없었지
삼 년 세월이 지나는 동안
큰어머니는 해 질 녘이면
수수깡처럼 마른 입술로 망부석이 되었고
매운 고추장 들깻잎 베어 들던 마을이
산그늘 어둠 속으로 사라지면
조금 더 가난해지고
조금 더 여유로워진 것 외에는
아무것도 달라진 게 없었지.

그대 오늘 편안했는가

그대 오늘 편안했는가
이 밤 두 발 쭉 뻗고 누울 수 있는가
사방으로 어둠이 내려와 앉아
비로소 그대 혼자임을 알았을 때
오늘 비굴하지 않았는가

그대 오늘 죄 없이 살았는가
겨울 들판에 쓰러져 누운 마른 잎에라도
흐르는 강물에라도
스치는 바람에라도
아니 그대 곁에 머문 시간에라도
진정 비굴하지 않았는가

밤 열두 시
괘종시계의 낮은 울림 속에
그대 이 밤이 편안한가

〈내가 편안하면
모두가 편안한 것인가〉

꽃

꽃을 그리움이라 하자
만나는 사람마다 장미 송이를 나누고
헤어질 때 그의 향기(香氣)가 되어 다시
한 다발 꽃이 되자
오월 햇살이
폭포수로 쏟아지는 날 오후
들밭에 누워
눈부시게 하늘을 열면
차마 물을 수 없는 사연들
노을로 놓아두고
지금 내 곁에 머물다 간 바람부터
사랑하자.

그리운 강
- 적벽(赤壁)

수몰 이전에
꼭 한번은 찾아가야지
유년의 가난과
그 허기진 기억을 찾아
노을 데불고 목 놓아 울어야지
그렇게 십수 년 전
한대(寒帶)의 바람을 맞으며
그리운 강에 서서
푸르다 못해 시린 강물과
적벽(赤壁)
그 붉은 가슴에 얼굴을 묻고
한세월 당당하게 살고자 했지

그날
한대(寒帶)의 바람을 나누던 아이는
철새로 떠나고
그리운 강은 수몰된다.
모두의 가슴에서 강은 사라지고
세월의 덫에 넘어져
그리운 사람 모두 떠난다.
그렇게 십수 년을 살아와서 문득
삼십 대 중반을 넘어서는 사내
이 겨울

다시 노을에 울음 남겨 두고
한대(寒帶)의 바람에 서서
유년의 절망과 마주한다.

그리운 강
그리운 사람들
모두 떠나 버린 한대(寒帶)의 들밭에서
홀로 나목(裸木)으로 떨고 있다.

그해 겨울 1

기도하는 마음으로 하루를 살고 있다.
저 허허로운 가슴과 하늘을 마주하고
땅끝에 서면
이제 버릴 것도 없고
나누어 가질 것도 없는 빈손
속마음은 들키지 않으려고
꼭꼭 옷깃 여미지만
벼랑에 선 12월 한기(寒氣)
춥다.
아니 무섭도록 두렵다.
그해 겨울 1997년.

그해 겨울 2

그대
간밤 폭설에 꿈자리는 편안한가
병(病)들어 신음하는 이 도시는
서툰 몸짓으로 아침을 열고 있다.
하여
온종일 가슴을 짓누르던 긴장의 끈이
뚝 끊어지는 밤
먹다 만 술병이 휘청거리고
그 속에 갇혀 바람이 운다.
이제 몇은 서먹한 웃음을 남기며 떠나고
남은 몇은 더욱 비굴해지고
그해 겨울은 깊어만 간다.

그해 겨울 3

눈치 빠른 들쥐는 숨어 버리고
길들여진 집쥐는 눈치만 살피고 있다.
그해 겨울에

그해 겨울 4

토요일 오후
양지쪽에 내려앉은 햇살은
위태롭게 겨울을 즐기고
낮은 하늘 가득한 담배 연기 속에
북서풍 매운바람은 소문으로 찾아든다.
아니 소문은 아니지
뜬소문은 아니지
내 가슴과 네 가슴에 안개처럼 스며드는 두려움
모두 침묵한다.
그렇게 우리들의 겨울나기는 시작되고
더 이상 명태(명예퇴직)를 술안주 삼지는 않았다.

그해 겨울 5

밤을 새워 술을 마신다.
뒷골목 정든 가시내의 웃음은
흰 눈으로 내리고
다시 만날 날을 기약하며
이제는 헤어지자 한다.
이제 반쯤 남은 술잔에
우리는 마지막 의식을 행(行)한다.
자- 건배
그렇게 마침표를 찍는다.
그해 겨울
흰 눈 드문드문 내리는 골목길에서
기약 없는 기약을 약속하며
겨울나무 홀로 떨고 있다.

그해 겨울 6

나는
살생부를 알기를
썩은 정치판에 기생하는 기생충 정도로 알고
살아왔었지
그런데 북서풍이 불고
바다 건너 돈바람이 불어오고
너나 할 것 없이 간덩이가 부어
온통 세상이 바뀌었다고 하던
그해 겨울에
내 앞에도 살생부가 보이데

워메! 환장하긋데.

그해 겨울 7

모두 살얼음 위를 걷고 있다.
최면에 걸려든
말세론 종교 집단의 광신도들처럼
짜-아악 얼음장 갈라지는 소리에도
앞만 보고 걷고 있다.
뒤를 돌아보는 것이 아픔이었듯이
그냥 멈추어 서는 것이 두려웠을까
남모르게 속병(病) 앓던
그해 겨울
눈(雪)도 아닌 것이
비(雨)도 아닌 것이
가슴 깊은 울음으로 내리던 날
우리는 말없이 강을 건너고
몇은 우리 곁을 떠났다.

그해 겨울 8

그날 밤 완전했던 평화는
한순간 깨어지고
한대(寒帶)바람에 온몸으로 노출되어
떨고 있다
이 땅에 더 이상의 평화는 없다.
모두
살아남기 위한 비굴함과
그리고 오만함으로 무장한다.
그해 겨울에.

그해 겨울 9

유난히 눈이 많은 겨울이었지
떠난 사람들의 소식은 두절되었고
남아 있는 사람들의 두려움은
저문 강
얼음장처럼 얼어붙어 격리된다.
그해 겨울
살아온 세월의 부피를
지친 어깨에 기대어
쌓이는 눈밭에 한 그루 나목(裸木)으로 서면
단절된 세월의 끝에도
봄이 올까 몰라.

그해 겨울 10

떠나는 뒷모습이 아름다울 수 있을까
보내는 마음들은 평화로울 수 있을까
그해 겨울에
우리는 저마다의 잣대로 심판대에 오르고
모두 상심한다.
세상이 무너져 내리는 날
무엇이 아름다울 수 있으며
무엇이 평화로울 수 있는가
떠나는 뒷모습에 눈물 나고
보내는 마음마다 아픔이 깊어진다.
그러면 겨울의 끝이 올까
정말 겨울의 끝이 올까.

나, 그대처럼 세상을 살았노라
- 상가(喪家)에서

1.

드문드문 눈이 내린다.
밤이 깊을수록 찾아오는 사람들은 뜸하고
빈자리에 한대(寒帶)바람이 매섭다.
이제 모두 떠나간 가설 천막에는
석유난로 푸른 불빛이 밤을 지키고 있다.
살아서 이승의 졸음을 쫓고 있다.

2.

간밤
울음 젖은 가슴을 새벽달에 묻어 두고
저마다 하늘에 닿는 슬픔을 감추고 있다.
떠나고 떠나보내는 일이 어찌
산 자(者)들의 전유물일까
이제 찬송 소리에 길 떠나면
산 자(者)들의 슬픔이 멈추겠느냐
죽은 자(者)의 영혼이 편안하겠느냐
울음 젖은 가슴으로 어둠을 쫓고 있다.

3.

어둠이 가고
살아온 세월만큼 빨리 달리는 영구차에
몇은 울음 젖은 가슴으로

몇은 간밤 못 이룬 잠에 젖어
차창에 들밭 가득 하얀 눈꽃으로 피고 있다.
하얀 국화꽃으로 피고 있다.

4.
"나, 그대처럼 세상을 살았노라."
죽은 자(者)의 침묵의 언어(言語)로
산을 오른다.
슬픔의 끝을 붙잡고 먼 산을 바라보며
가슴 깊은 눈물을 감추고 있다.
이제 떠나야 한다.

나주에서

누이야
네 한복의 동정같이
배꽃이 흐드러지게 피어 있고
영산강은 길게 누워
해산의 아픔
그 뒤에 오는 안식으로
몸을 풀고 있구나

한세상
그리움으로 만나면
저 들에 놓인 유년의 절망은
황토벌에 철쭉으로 불을 지르고
여름 장맛비에 쏟아지는
신경통은
마른번개 울려 대는 푸른 경련이겠지
강물처럼 무심하게
무심하게 배꽃은 떨어진다.

분꽃 향기 가득히 안고
시집가는 새색시 누이야
풋배가
단물이 들 때까지는
하룻날이 또 하룻날을 낳고

그 하룻날이 또 수많은 하룻날을 낳고

그래
우리의 절망도
그 수많은 날 속에서
희망의 싹을 키울 수 있겠지
누이야.

낫질

1.

중학교에 입학하던 해
우리는 끝이 잘린 낫을 들고 광주천
천변에 모인 일이 있었다.
무성히 자란 풀을 보며 선생님은
낫질을 시작하셨고
부패한 시대
번식의 목을 자르고 계셨다.

상업고등학교를 졸업하던 해
웃자란 풀잎으로 내디딘 서울 생활
늪에 빠진다.
강물로 흐르지 못하고
꽃으로 피지 못하고
한강변 무성한 풀이 된다.

2.

중학교에 입학하던 해
우리는 광주천에서 낫질을 배웠고
그날 이후 우리는 종종
천변 나들이를 하였다.
그때마다 무성한 풀을 베었다.

지금
강이 되지 못하고
꽃이 되지 못하고
한강변 무성한 풀이 되었을 때

이제, 이 풀은 누가 베어야 할까.

네 그리움을

네 그리움을
아침 햇살에 묻어 두어라
온 세상을 돌아다니다가
비로소 네 몸이 자유(自由)로울 때
바람같이 흐르거라
물빛 설레임으로 머물거라

네 그리움이
사무치다 사무치다 못해
꽃잎 가득히 터트리거든
네 살아온 날들을 속살같이 내비치고
꼭꼭 숨어서
눈물 나게 눈물 나게 노을빛을 태우거라
그렇게 먹빛 속병(病)으로 여물거라.

눈 내리는 풍경

저 무너져 내리는 하늘을 보아라
묻어 두어야 할 사연이 많아
저 산하(山河)를 덮는 폭설을 보아라
그대 저와 같은 사랑을 보았는가
겨울 들밭에 푸른 동맥으로 뛰는 다복솔
그 지독한 가슴을 보았는가

저 들밭에 만개한 눈꽃을 보아라
겨울 햇살에 불씨가 되어
풀무질 푸른 불꽃에 핀 사랑을 보아라
그대 창밖의 눈을 보는가
허허로운 가슴속 그치지 않고 내리는
저 유년의 낯 푸른 풍경을 보는가

저 말없이 죽어 가는 한 시대를 보아라
수없이 내려와
저 들에 온몸으로 누워
그대 가슴 속 잊혀진 사랑을 보아라
무심한 시대 눈 내리는 풍경 속에
속절없이 눈물 젖게 하여라

그리고
그대 작은 가슴에
부활의 불씨를 지펴 두어라.

늦은 밤 청계산에서

그날은
헤어진 여자의 속살같이
오후의 햇살이 다정하게 숨어든다.
모두 떠난 신작로길 국도변에
몸매 고운 코스모스 줄을 서면
길 떠나지 못하고
머뭇거리는 사내의 낯선 얼굴 위로
가을이 내려와 앉는다.

그날
산을 오른다
목대 뜨겁게 젖어 오는 몇 잎의 속앓이와
재우지 못한 젊은 날의 상처를
꼭꼭 눌러 숨죽이면
산자락에
오후의 햇살이 치열한 삶을
노을에 풀어놓고
어둠에 눕는다.
늦은 산행
발치마다 달빛이 밟혀 간다.

얼마 만인가
산달 여자의 모습으로
상현달이 차오르고
숲은 어두워 별을 찾아 헤매던 밤에
길을 잃는다.
잃어버린 젊은 날의 초상(肖像)을 찾아
저문 밤
청계에서 길을 잃는다.

다산(茶山) 생가(生家)에서

늦은 가을날 오후
팔당호 상류에서
뚝뚝 지는 단풍을 본다.
북한강이 울음처럼 흘러들고
남한강이 노을빛으로 함께 울면
산 그림자 강물에 누워 물빛마저 붉게 운다.

여기 마현골
하나 되어 우는 산하(山河)가 있다.
병(病)들어
세상살이 눈물겹게 살아온 날(日)을
가을빛 시린 속울음으로 토해 내면
남도살이 십일 년[12] 세월
댓잎 청청(靑靑)하게 살아 숨 쉬고
어쩔 거나
뜻이 있은들 펼쳐 낼 세상이 없고
날(日)은 저물어
새날(日)이 와도
담아낼 그릇이 없으니
넘치는 울음을 저녁노을에 담는다.

---

12 다산 초당에서의 유배 기간이다.

저 노을이 지면
저 속에 첩첩이 쌓여 있는 그의 뜻이
한세상을 밝히겠느냐
하나 되어 산하(山河)를 울리겠느냐
단풍 뚝뚝 떨어지는 밤
여유당[13] 푸른 시누댓잎 더욱 푸르고
가을밤이 깊을수록
그대
일생은 더욱 푸르고.

---

13 다산 정약용의 생가이다.

다솔아[14]

너의 첫 아침은 하얀 눈이 내리고
엄마의 첫잠은 안식이었단다.
다솔아
아직은 너의 이름을 불러도
눈길 한 번 주지 않는 작은 나의 공주야
네가 한 번 소리 내어 웃는 날이면
그 모습이 앙증맞아
내 눈이 시리고
네가 한 번 소리 내어 우는 날이면
그 모습이 안타까워
내 가슴이 아프고
네가 한 번 힘차게 발길질하면
그 모습이 대견하여
엄마 아빠의 행복은 배가 된단다.
다솔아
아직은 너의 이름을 불러도
아빠 한 번 알아보지 못한 작은 나의 공주야
너의 첫 아침은 순결한 눈이 내리고
엄마 아빠 첫 미소는 행복이었단다.

---

14 '다솔이'는 큰아이의 아명이다.

다시 오월에는

하나님 내 조국의 자유를 위하여 더 많은 피를 요구하신다면 이제는 누가 속죄의 양이 되어야 하며, 다시 시작된 배반의 역사는 누구의 십자가에 지워 줘야 할까요.

미라보에서 1

고행의 날개를 가진 철새는 떠났다.

사소한 시대의 죄 많은 사람은 절망의 닻을 내리며 비수로 쏟아지는 햇살에 가슴을 베인다.

상처받은 가슴과 가슴이 만나 연막탄 같은 담배 연기를 내뿜으면 우리의 가슴을 감출 수 있을까

세 치 혓바닥으로 "임금님 귀는 당나귀 귀" 속 시원히 말할 수 있을까

그날이 오면 떠난 자(者)는 모두 돌아오고, 산 자(者)는 오랜 잠에서 깨어나고, 그리고 죽은 자(者)는 모두 부활하여 황토에 피를 토하고 산철쭉 같은 자유를 꽃피우자 칼스버그 거품 속에서 독버섯처럼 피어나는 절대왕국의 황홀한 칼춤을 거두어들이자

미라보에는 희미한 시대의 절망으로 삼십 촉 백열등이 밝혀지고, 부활을 믿는 자(者)만이 철새로 돌아와 둥지를 튼다.

미라보에서 2

저 노을이 무너지면 단두대에 소낙비처럼 지나간 피의 흔적을 감출수 있을까, 저문 들녘에 서서 저 노을이 무너질 때를 기다리는 것은 실은 감추어진 어둠과 절망을 무엇보다 증오하기 때문이다.
참혹한 어둠이 깊으면 노을에 입술 다물었던 분꽃은 찬란한 꽃망울 속으로만 뜨겁게 몸살을 앓고
아는가, 그 꽃망울 터뜨리면 눈부신 자유의 아침.
사랑에 인색하지 않았던 이 시대의 증인으로 사람들은 동백꽃보다 붉게 타버린 가슴에 마른번개로 울리는 자유의 그리움을 통성냥 불꽃으로 불사르며 '월경불순' 미라보 분꽃가시내의 순결한 밤을 지키고 있다.

미라보에서 3

삼한 땅 백제 이후에는 바람의 유민이 모여 일평생 혁명을 꿈꾸며 살아왔다.

"민중에 해되는 임금은 죽여도 된다." 정여립은 너무 일찍 죽임을 당하고 사백 년이 지난 이 시대에도 그의 후예들은 죽어 가고 있다. 빼앗긴 봄이 있기에, 그 자유가 있기에 남녘땅에서 들불이 일어나 북으로 북으로 불어와 온 땅을 가득한데
누군가
남서풍을 막으며 소백의 가슴에 칼침을 놓고 절대왕조를 노래하는 자(者)
신작로에는 절대왕조의 영화처럼 철기사들이 가득하고 파도 같은 분노를 삼키며 바람의 유민은 상심한다.

그날 이후, 앵무새 통신에서는 일면 톱기사로 유언비어를 조장 유 포하거나 동조하는 자(者)는 왕조의 권위에 도전하는 불순분자로 전원 구속한다는 기사가 실려 있었다.

민촌에서

- 마당굿

머슴의 심중에는
신(神)들렸다 황토(黃土)바람에
염병할 봄날 신바람에

저 들에
봉홧불 오르면
하늘을 오르던 머슴아
미친년 변덕 같은 봄바람 불어오면
네 몸속에 흐르는
네 아비의 어두운 과거
태형(笞刑)으로 얼룩진 지난날의 상처가
감추어질 수 있겠느냐
해일 같은 분노가 잊힐 수 있겠느냐

반신불수 중풍을 앓는 삼남 땅
황토바람은 북으로
북으로 향하고
온 산하에 진달래 붉게 타면
무심한 시대의
들불의 함성이 들린다.

바람이 분다.
황토바람이 분다, 신명나게.

밤 풍경

늦은 밤
낯설게 다가선 겨울바람에
눈이 내린다.
저마다 가슴에 묻어둔 사연들을 여미며
사람들은 갈 길을 재촉하고
인적 드문 도로변
은백색 가로등 불빛이 차다.
겨울 가로수 함께
그림자로 서성이면
밤 풍경이 따뜻할 수 있을까
강 건너
아파트 불빛이 아름답다.
이제 돌아가야 한다.
저 불빛 속
기다림을 위하여.

병실에서
-어느 직장 여성의 겨울나기

그녀의 가슴에는 병이 앉았다. 겨울은 구토처럼 일어나는 현기증에 묻어 시작되고 한 떼의 철새는 떠났다. 이제 겨울새가 병실을 채울 것이다. 침대 곁에 불편한 보조 침대에 곤한 몸을 누인 어머니의 얼굴에는 이북에 둔 고향, 일가친척 하나 없이 살아온 반평생이 훈장처럼 남아 있다.

지금 그녀는 안심한다. 의사는 다녀갔고 태아는 건강하단다. 태아 때문에 약을 사용하기가 다소 어렵지만 별문제는 없을 거란다. 내일은 진단서를 첨부하여 인병 휴가를 신청해야지. 창밖을 보니 드문드문 흰 눈이 내리고 겨울은 깊어만 간다.

봄비 내리더니

어제 봄비 내리더니
오늘 아침 산수유꽃이 노랗게 피었더라
못내 아쉬웠을까
겨울 끝자락에 시샘하듯 부는 바람이 차다.

사랑 일지(日誌)

약전(藥田)하늘이 수숫대 안경 너머로 기울면
초저녁 등잔불이 밝혀지고
개똥불은 그리움처럼 온 하늘에 쌓였지
그러면 누이야
우리는 호박꽃 노랑이 슬펐고
열아홉 어린 너는 생약(生藥)사발을 들고
해수 앓는 어미의 문지방을 넘었지
함석대문 열면
산 그리메로 길게 누운 노을을 지나
가난으로 돌아오는 두어 마지기 논뙈기
누이야
아비가 던진 그물코처럼
우리는 우리의 사랑을 엮어야 했고
한 입 보리떡을 베어 물었지
이제 들길처럼 지친 몸으로 드러누우면
어미의 기침소리가 약해졌을까
푸르다 못해 눈 시린 이슬을 찾아
밤길을 떠나야 했지
그러면 그리움처럼
그리움처럼 새벽이 몰려오고
여름밤은
분꽃 순결한 가슴처럼 피어났지.

북한산

너희는 보았느냐
제 가슴속에 한 세상을 품고 앉아
천년을 숨 쉬는 것을

오르고 또 올라
제 높이로 차오르는 숨을 고르며
북한산 노적봉 위로 서면
너희 앞에 펼쳐진 세상을 보고
말하지 말라 세상을 보았다고
부는 바람에도
피었다 지는 꽃잎에도 노을에도
보지 못하고
말하지 못한 세상이 있다.

산다는 것이
계곡을 흐르는 물처럼 바람처럼
그렇게 스쳐 지나가는 것이라 할지라도
오르고
또 내려오는 산길마다
달음박질로 뛰어온 한나절 같은
그래, 너희가 살아온 지난날

이제 노을이 지면
너희 살아온 세상을 보았느냐
아니 그 노을에 앉아
천년을 살아가야 할 세상을 보았느냐
제 모습을 숨기고 있는 북한산에서
날이 저문다.

사월은

사월 늦은 날
개나리는 황달빛으로 떨어지고
낯익은 얼굴들이 하나둘
바람에 일어서서
저마다 꽃대 터트리면
뿌리내리지 못한 풀들은
또다시 좌초되어 쓰러지고
사월은 무심하게 지나간다.
더욱 무심하게

늦은 사월 어느 날 오후
삼십 촉 백열등 그늘에
어둠을 지키고 서면 기다림은
커피 향에 묻어나고
불안하게 목을 조여 오는 긴장감
어느덧
오월이 멀지 않았다.

사월에서
오월이 다가오면
소식 없는 친구의 안부를 전하며
늦은 밤
개나리꽃 무더기로 쌓이고
늦은 사월의 하루는 속절없이
들녘에 눕는다.

산동네에서

1.

그래
산동네에 뿌리를 내릴 수 있었지
흙냄새 맡을 수 있었고
자투리 공터에 호박도 심었지
그렇게
서울의 서먹한 한기도 잊고 살았지

2.

못난 부모 만나
목대까지 차오른 가난을
신주(神主)같이 부여잡고 사는
자식 놈
산동네 언덕길을 오를 때마다
어미는
살아온 세월이 차라리
눈물겹다.

3.

낮은 지붕 밑에
저녁 불빛이 단풍잎으로 피어나고
상경길이 멀어
하늘에는 가까이 모여 사는 사람들
밤마다 꿈을 심는다.
호박덩굴 무성하게
뿌리를 내린다.

섬진강
- 회심곡을 들으며

흰빛 잎마름병(病)에 지쳐 있는 아내여
동여맨 허리띠에 명주 고름이 흐느끼면
불을 낳는 진통으로
물꼬를 틀어막고 쓰러졌지
박수무당 자진모리 꽹매기는
삼신당을 울려
북두 하늘을 날고
강물은
청자연기 끝에 소금기로 쌓였지
칠원성군(七元星君) 등에 지고
불을 낳아라
불같은 아이를 낳아라

한지(韓紙) 펼쳐
무나물 삼신메를 차려 두고
강물을 밀어 올리는 힘으로
삼신풀이 합장을 모으자
그러면 강을 흘러 살(肉)을 빌어라
불을 안고 뼈(骨)를 빌어라
열 달 십삭(十朔)
신(神)의 명(命)이라도 훔쳐 내어
천지간에 풀잎피리로 춤을 추어라

젊은 아내여
밀물이 들어온다.
잠을 깨어라 피곤에서 깨어라.

성수역에서

어디로 떠나는가
사람들은 모두 출구를 향하여 바쁘게 사라지고
울음빛의 사내가 외롭다
늦은 시간 몇은 술에 취해서 머물고
몇은 떠나지 못한 일상의 피곤으로 까닭 없이
머물고 스포츠신문은 하루를 앞서간다.
성수역은 종착역이 아니다
떠나야 할 사람들이 있어 열차는 이 밤
피곤함도 없이 도착할 것이고
사연만큼 많은 사람이 모여 가을빛으로 머물면
한껏 멋을 낸 젊은 가시내의
분 냄새가 좋고
다시 돌아올 수 있는 순환선 열차가 좋다.
성수역에서 사람들은 지친 어깨를 의지하며 졸고
늦은 밤 가을바람이 차다.
지금 남은 사람들은 어디로 떠나는가
미당 선생의 국화꽃같이 서럽게 핀 아내의 시월
방은 지금 따뜻할까
지금 그곳으로 가고 있을까
환승열차를 기다리는 늦은 밤
젊은 가시내들 목소리 수다스럽게 밤을 깨운다.
분 냄새가 좋은 저 가시내들
너희 청색의 풋풋한 가슴을 열면

꽃이 필까

아니 환장하게 밝은 세상이 올까

몇은 아직 졸고

몇은 아직 술에 취해있는 늦은 밤

환승열차가 도착하고

역은 잠시 수선스럽다.

밤이 깊은데.

수몰지구에서 1
- 칡꽃

중풍을 앓는 할머니는
대바우 칭칭 감는 칡꽃이 좋았지
송송 뚫린 문지(門紙)에
하대춘[15] 푸른 칡꽃 물에 풀면
숙지황(熟地黃) 끓는 초가 한구석
웃풍처럼 쌓여 오는 가난은
모릿내[16] 갱변 햇살처럼 밀려오고
바람은 어김없이
마당바우 잔등으로 돌아눕는다.
칡물 배인 습한 들녘
냇물처럼 떠나간 와천양반
아니, 떠나간 모든 사람들은 족보 없는 이웃이 되고
피마자 잎사귀에 빗물 넘치던 날
아이들의 잠 속에서 칡꽃이 피고 있겠지
칡물 검게 탄 입술로
한지(寒地)를 떠도는 귀향의 꿈
칡꽃은 세 평 방 안
시렁에도 피었는데 이제
보상금은 어디에도 남아있지 않다.
지금도
독아지바우 밑에는

---

15 전남 화순군 북면 소재 지명으로 수몰 지역이다.
16 전남 화순군 북면 소재 지명으로 수몰 지역이다.

쌀뜨물이 고이고 있을까
할머니 이야기는 칡넝쿨같이 무성한데
그 칡꽃 떨어지던 날
할머니는 꽃상여에 곱게 길 떠나시고
칠 년 세월 못 보신 마을
수장되는 시집살이 젊은 날을 생각하며
선산 중턱 푸른 칡꽃이 되었지.

글밭 2 시 · 185

수돌지구에서 2

1.

하늘땅

그 높이로 자라는

어둠 몇 개 흘려 두고

고르지 못한 숨결로

강둑에 쓰러지는 장맛비

분꽃가시내

하얀 순결로 피는

박꽃 하나 떨어졌지

자식처럼 돌보며 살고자 했던 어머니

청상 삼십 년을 지켜온

동구 밖 장승이 쓰러졌지

2.

하늘수박 따던 친구는

민들레 꽃씨 따라 흩어지고

노을에 기대어

강둑에 서면

검정 고무신 가득 쌓이는 절망감

강물은 더 이상

내 가슴에 흐르지 못하고

황토보다 짙은 울음을 남기고 간다.

3.

"대밭이 죽으면
집안이 망하는 법이여."
아버지의 유언은 헛되지 않았다.
헛되지 않았다.

수돌지구에서 3
- 산뱀

1.

산뱀을 보았는가
이 땅
이 하늘을 버리지 못하고 산으로
산으로 오르는 산뱀을 보았는가
아무 곳에도 뿌리내리지 못하고
빈 하늘
민들레 꽃씨로 떠도는
바람의 유민(流民)
둥지 잃은 철새야
흙담 초가삼간을 버리지 못하고 산으로
산으로 오르는 산뱀을 보았는가

2.

우기가 오면
아직도 산뱀은 산으로 오르고
날개 젖은 철새는
빈들에 민들레 꽃씨로 내리고 있다.

수돌지구에서 4

- 내게 힘이 있으니
내 것은 내 것이고 네 것도 내 것이다.

한 모금 피를 토하면
뱀딸기보다 붉게 타는 저녁노을
토지등 산철쭉은 다시
황토에 돌아와 우는데
아비는
청보리 꺾으며
장대 같은 현기증에 쓰러진다.
어머니
이제 떠나야지요
시렁 윗녘 부적을 불사르며
용서하세요
더는 오를 수 없는 슬픔의 끝에서
등나무처럼 살려다
철쭉처럼 피었다 지는 지아비
가난한 그 생애를
누런 한지창(漢紙窓)으로
달빛이 숨어들고
그 밤
사람들은 두견새처럼 피를 토한다.

아내의 사월에는

아내의 사월에는 바람이 분다.
용서할 수 없는 유년(幼年)의 봄은 항상
미친년 풀어 헤친 머리카락으로 어지럽고
빈혈은 멈추지 않는다.
세월이 약(藥)이 될 수 없었을까
철새 따라
머나먼 땅 서울에 둥지를 틀었어도
운명처럼 따라오는 유년의 굴레
바람이 분다.
황사(黃砂)바람이 불어 병(病)을 앓는다.

아내의 사월에는 비가 내린다.
들밭에 풀잎 하나 일으켜 세우지 못하고
상심(傷心)하는 비가 내린다.
꽃잎 떨어지고
웃음을 잃어버린 낯바닥 위로
유년의 아비의 모습이 눈물져 흐르고
나눌 수 없는 아픔으로
저만의 슬픔으로 성(城)을 쌓는다.
저 성(城)을 무너뜨릴 수 있을까
그래, 저 성(城)을 무너뜨릴 수 있을까

늦은 봄밤
아내의 머리맡에 바람이 불고
창밖에는 비가 내린다.
어둡게 아주 어둡게.

어머니

날이 저물고 있다.
들녘에 붉은 노을이 내려앉으면
세상은 수묵화로 남겨지고
어둠 속에서
산들은
당신의 가슴같이 드러눕고
달덩이 하나 둥실 떠오르면
밤 깊어도 혼자 두지 않고
나란히 도란도란 함께 걷던 논둑길
생각납니다.
그리운
나의 어머니.

여왕벌과 일벌

맞아요
종자가 있어 여왕벌은 로열젤리를 먹고
우리 같은 일벌은 꿀을 먹지요
세상은 참 공평하지요
우리 같은 일벌도 처음에는 로열젤리를 먹었다구요
그 덕에 지금 이렇게 일할 수 있잖아요

꿀을 따는 일벌이나
불꽃을 따는 불나비나
이 시대의 노동이나
공평하지요
여왕벌과 일벌의 관계인데.

어머니 혹은 용서의 세월

- 네 어미의 가슴에 불을 놓아라 두견새 피를 토하고
  산철쭉으로 지천(地天)에 불을 놓다 지치면
  젊은 날 집 떠난 아비의 늦은 밤길에
  달빛이 되어 걸음걸음 길 밝힐 수 있도록

어머니는 봄날
할머니 무덤가에 쑥 뿌리를 뜯어내며
젊은 날 묻어 두었던 가슴앓이를 캐고 있었다.
그렇게
봄 햇살에 마른 눈물을 숨기고 있었다.
민들레 꽃씨로 떠나
제각기 삶의 뿌리를 내리고 사는 딸자식들은
그 아픔을
제 몸의 생채기로 새기고
살아온 세월의 부피만큼 치마폭에 놓여있다

아무도 말하지 않았다
깊은 침묵 속에 승합차는 산을 향해 가고
자식들은 아픔의 깊이를 가늠하지 못한 채
제각각 길을 떠난다.
그 길에 용서할 수 없는 인연들을 만나
차멀미에 시달리고
방심했을까.
판도라의 문이 열리고 만다.

대소가(大小家)의 사람들은 기다렸다는 듯이
제 목에 가시를 뱉어 내고
모두 걸어 두었던 빗장을 걸어 낸다.

어머니
묻어 두었던 세월이 무너지고
차창에 묻어난 노란 개나리
황달로 피고 있었다.
그 세월을 용서하라고
살아온 그 세월을 용서하라고
저마다
저요
저요
손을 들어 흔들고 있었다.

이제 지쳤을까
할머니 생전에 모질게 안고 살던 속울음
두견새 피를 토하듯
산철쭉 하늘땅에 불을 지르듯
그렇게 토해 내지 못하고
검게 탄 속병으로 쓰러지신다.

연정 1

초록 마을에 붉은 가슴일까
물빛 고을에 햇살 부서지는
설레임일까
알 수 없는 그리움을 가슴에 묻어 두고
늦은 봄밤
꽃잎 하나 떨어지더라
저 혼자 숨죽이지 못하고
내 가슴도 붉어지더라.

연정 2

길 밖에
나무가 되면
바람결에 그대 숨결 묻어올까
흐르는 물결 따라 흐르면
물빛 고운 그대 눈물 젖어 올까
그렇게
가고 또 가다 보면
닫힌 문도 열릴지 몰라

마음의 끝을 붙잡고
온종일을 까맣게 태우다 보면
어쩔 거나
날은 저물어 가고
그 깊이로 깊어지는 그리움을.

영산강

친구는 영산강을 부둥켜안고
그 밑뿌리부터 틀어막고
역류하고픈 소망이 있었다.
수일을 벌떼처럼 눈이 내리던 날
바다로부터 시작된 절망감은
눈물 나게
눈물 나게 역류해 오고

가난과
뼈 깊은 아픔과
천년 썩은 물을 퍼내고
친구는
영산을 따라 흘러
남해 바다 건강한 밀물이 된다.
다도해 동백 같은 섬이 된다.

오월일지

용서해다오
어머니 귀가 길 소쿠리에
오월은
풋풋한 망설임으로 정박(碇泊)해 있고

꽃이 되고자 했던 누이는
정말 꽃이 되어
싸디싼 웃음을 팔러 집을 떠났다.

검게 탄 속은, 차라리
대장간 풀무질에 불꽃이 될 수 있을까
그렇게 타오르다
오월 바람을 만나면
들꽃처럼
들불처럼
온 세상을 불지를 수 있을까

늘상
속울음은 해일처럼 일어서고
어머니 관절마다 류머티즘의 비가 내리면
꽃은 떨어지고
황토 짙은 울음은 비에 젖는다.

용서

인간이 인간을 심판하던 날
죄악은 시작되었다.
언제부터일까
죄의식 없이 타인을 심판한 일들이

산다는 것이
때로는 비굴하고
타협하는 것이라고 변명할 수 있다면
용서할 수 있는 것일까
진정
용서받을 수 있는 것일까.

을지로에서

아침
낯선 바람에 몸을 추스르며
을지로 지하 보도를 벗어나면
어둡게 무너져 내리는 하늘을 볼 수 있다.
눈이 쏟아질까
잠시
사람들은 무심하게 어깨를 스쳐 가고
인연을 뒤로하며
거대한 동굴 속
빌딩 숲으로 사라진다.
그렇게 우리의 노동은 시작되고
위태로운 겨울나기
세상살이에
눈물 나는 곡예는 시작된다.
그렇게 우리는
을지로에서
비겁해지는 법도 배운다.

이발소에서

산수유꽃
꽃망울 터트리는 봄날
아들 녀석의 손을 잡고 이발소에 간다.

토요일 오후
이발소는 한적하다
티브이에서 흘러나오는 노랫소리가
좁은 공간을 채우고 있다.
매번 느끼는 것이지만
유년시절 아버지를 따라가던 새마을이발소
그때처럼 항상 서먹하다.

아들 녀석의 웃음소리가 분위기를 깬다.
전기바리캉이 녀석의 목 부근을 스친 모양이다
그때
늙은 이발사의 젊은 날 이야기가 시작된다.
칠십 년대 조선호텔 이발부 시절
일주일에 한 번은 분식의 날이 시행되었고
그때 먹었던 호텔 짜장면 맛을 잊을 수가 없었단다.
분식 날이기 때문에 먹을 수 있었던 그 맛을
그렇게 시작된 이야기는
호랑이가 물어갈 놈들의 이야기로 이어지고
조상 없이 세상 구경한 놈이 있나

명절날 콘도(콘도미니엄)인가 뭔가에서
제사상 보는 놈도 있다고
분개한다.
모든 것은 국어교육 때문이다.
옛날에는 맨 처음 배우는 글이
아버지 어머니로부터 시작되었는데
요즘 것들은 호랑이, 하마, 사자, 등등
동물부터 배우기 시작한단다.
맞는 이야기라고 맞장구를 치다 보니
시간이 다 되었다.
우리는 집으로 돌아온다.
며칠 전 초등학교에 입학한 아들 녀석의 국어책을 찾는다.
읽기책 맨 처음 단원은 '우리'이다
그곳에 아버지 어머니 아기라는 글이 있다.
변한 것은 없었다.
'우리'
봄날 산수유꽃같이 곱게 수놓으며
따뜻하게 피어 있었다.

장포살롱에서

눈이 내린다.
멀리 떨어져 만날 수 없는
하얀 미소
소리 없이 등 뒤에서 웃고 있다.
아직은 따뜻한 홍합 한 그릇에
빈 잔을 채우면
진정 채워지는 것은
눈송이 속
그리운 얼굴

낮게 빛을 그려 내는 카바이드 불빛 아래
정든 사연
담배 연기로 날려 보내면
어둠 저편
눈꽃 속 하얀 얼굴이
불빛에 흔들린다.

눈이 내린다.
몸에 묻은 한기(寒氣)를 털어 내며
눈 속에 서성이면
늦은 밤 어깨를 두드리는
속삭임
"사랑은 확인하고 싶은 거예요."

눈에 젖으며
진정 젖는 것은 멀리 떨어져 있는
아득한 그리움.

저 들에 눈 내리면

저 들에 눈 내리면
떠나간 사람이 그립더라
청색의 가슴으로 만나던 시절
그 날의 약속이 아프더라
그대
빈들에 눈물 젖어 서성이는 겨울나무
그 영혼을 보았는가
저문 밤 어두운 골목길
감추어진 눈물을 보았는가
끝나지 않은 아픔을 보았는가
저 들에 눈 내리면
빈 하늘에 겨울나무로 서서
하얗게 피는 생채기
눈꽃이 그립더라
그 시절 기다림이 그립더라.

지하철에서

몇은 졸고 있다
또 몇은 일간신문에 파묻혀 있고
그리고 남은 몇은
무심한 눈길로 맞은편 창가를 응시하거나
마주치는 시선을 질겁하며 외면한다.
사람들은 익숙하다.
승차하는 사람들이나
하차하는 사람들이나
혹은 가야할 길이 아직은 먼 사람들이나
모두 제 모습을 잃어버리고
지하철에서 그려지는
한 폭의 풍경화

내가 살아가는 세상
아니 너와 나
우리 모두가 살아 숨 쉬는 세상
그 세상에서 우리는 철저하게
무심하다.

저 산에 뻐꾸기 울면
- 백련산에서

저 산에 뻐꾸기 울면
안개꽃 하얗게 새벽을 잉태하고
키 작은 아내의 산고(産故)는 시작된다.
실한 어둠의 끝
새벽달은 청청(靑靑)한데
길 떠난 사내의 발치마다
산철쭉 붉은 가슴 내비친다.

저 산에
울어도 울어도 다 울지 못하고
종(鍾)이 되어
뻐꾸기 같은 울음 울면
어찌 우는 것이 종소리뿐일까
산동네 낮은 지붕이 울고
담배 연기 속에 쓰디쓴 소주를 마시며
상처받은 이 시대(時代)의
뿌리 없는 철새의 삶
그 허기진 세월이 울고
그 일생이 울고

저 산에 뻐꾸기 울면
저 산에 쟁쟁한 종이 울면
키 작은 아내의 소망은

참기 힘든 진통으로 시작되고
불을 낳는다.
뜨거운 불을 낳는다.

안식(安息)의 꿈속에서
산철쭉 천지간(天地間)에 불을 지른다.

참꽃 1

몸 부비며
꽃 피울 들이 있어 좋으냐
바위의
부끄러운 젖가슴 사이
청태(靑苔)가 있어 좋으냐
낯 뜨거운 숨결로
불씨가 되어
비로소 내 가슴에도 봄이 찾아와
햇살처럼 쏟아지는 꽃사태
그리운 유년(幼年)의
나의 누이야.

참꽃 2

들꽃가시내야
이 봄날 네 가슴 붉어지면
어쩔 거나
꼭꼭 눌러 숨죽이지 못하고
온 세상을
불 지르는 봄바람
저 환장하게 피어나는 꽃잔치
그 붉은 연정(戀情)을

들꽃가시내야
네 붉은 가슴 태우고 또 태우다
서럽도록 붉게 태우던 날
네 사무치는 그리움으로
뚝뚝 꽃잎 떨어지던 날
어쩔 거나
그 떨리는 가슴에 앉은 생채기
그 시린 아픔을

들꽃가시내야
꽃잎 떨어지는 그늘에 앉아
내 가슴속 묻어 두었던 첫사랑
붉게 붉게 피웠다 지우는 날에
네 붉은 가슴이 울고
내 묵은 사랑이 울고
그렇게 봄날이 간다.

천년후애(千年後愛)

"사랑보다 깊은 색

천년후애(千年後愛[17])"

김지호는 가을빛 짙은 립스틱으로

유혹을 시작하고

그녀 앞에 서서

넘어지지 않기 위해 붙잡은 손잡이로

출근길 유혹에 빠진다.

그렇게 가을빛에 후줄근하게 젖어

을지로에 서면

천년(千年) 전(前)에 불었음직한 바람이

덜 깬 잠을 깨우고

몸살 앓으며 시작되는 일상(日常)

그리고

또

하루.

---

17   탤런트 김지호를 모델로 한 화장품 회사의 립스틱 광고문이다.

철새

이제 떠나야 한다.
더는 머물 수 없어 낯선 땅
한때는 이곳에 몸을 묻고 살고자 했지

철 따라 피어나는 들꽃같이
때 되면 찾아오는 철새같이
그렇게 떠돌 수만은 없지 않은가
제법 뿌리 든든하게 내린 줄 알았는데
내 키만큼 웃자란 자식 놈
꽃보다 곱지는 못하여도
따뜻한 햇살 한 줌
넉넉한 가슴과 함께 주고 싶었는데
이루지 못할 소망이었을까
이제 떠나야 한다.
정든 얼굴들 눈물로 밟고
남은 자들의 안식을 위하여

어디쯤에서
날개를 접을 수 있을까
아직은 황혼을 노래할 수는 없지 않은가
실직의 아픈 강을 건너며
다시 철새로 돌아와서
방황한다.

한강, 그 노을에 앉아 1
- 봄

봄이 오면
꽃배암의 화려한 외출과 같이
강은 변신을 시도하고
수묵 같은 어둠이
익숙하게
노을 젖은 자리마다 덫을 놓는다.
꽃샘바람이 불고
창포아이
강변 개나리는
독약 같은 매연에 젖어
기미 낀 얼굴로 피어오른다.
아무도 강의 변신을 알지 못하고
허물 벗은 배암처럼
독기만 올라있는 봄밤
작은 목선 하나
수은등과 함께
익사한다.

한강, 그 노을에 앉아 2
- 여름

- 수은등이 장마전선처럼 형성되고
바람과 나뭇잎의 만남은 온 세상을 왁자지껄하게 한다.
우리의 만남이 저들처럼 살아 있을 수 있을까

비닐우산에 쓰러져 가는 빗방울
그 가벼운 영혼으로
우리는 거미줄 같은 덫에 치어
비굴해지고
산다는 것이 때로는
풀잎 하나 일으켜 세우지 못하고
숨죽여야 할 때
그 치욕의 분노는 차라리
우리에게 할당된 목숨만큼이나
간사하다.

이 밤
마른번개에 천둥이 울고
간사한 목대를 차오르듯
한강은 넘치고 있다.
큰 비를 기다리는 사람들은, 지금
노아의 방주를 꿈꾸고 있을까.

한강, 그 노을에 앉아 3

- 가을

저문 강에
노을이 앉아
눈물지게 단풍지면
가을햇볕 사이로 떠나간
사람들의 뒷모습은 아름다운가
그들의 영혼은 건강한가

서울 뒷골목
분 냄새 나는 가시내라도 만나
순결한 눈물로
풋풋한 아침을 열면
강변 가로수
무거운 삶의 무게로 옷을 벗고
낙엽이 진다.

변두리 판자촌
낮은 처마 밑
신문지 몇 장으로 감추어진
젊은 내외(內外)는 지난밤에
강을
잉태한다.

강변 가로수
부활의 몸짓으로 나목이 되고
낙엽은 제 몸을 썩힐 준비를 한다.
부활을 준비하는 자(者)
다시 꿈을 꾸기 시작한다.

한강, 그 노을에 앉아 4
- 겨울

- 내가 죽거들랑 한 줌 재로 만들어 북풍 부는 날
  뒷산에 내 뼈를 날려 주오. 죽어서나마 사랑하는 사람의 곁에 머물고 싶소.

하여
내 역사의 일지를 축축이 적시며
사약처럼 내리는
푸른 한기(寒氣)를 건너고 있다.
하늘로 날아간 새는 돌아올 줄 모르고
꽁꽁 언 손등을 비비며
무우청 매운 낯바닥으로
수숫대처럼 가벼운 자맥질을 한다.

길 떠난 사람들은 망각의 어둠으로 갇히고
마른 가슴들에
수은등 점점이 밝혀지면
쟁쟁히 되살아난 순백의 순결이여

용서하오
치부책처럼 드러나는 속병을
내 역사의 일지를, 아니
때 묻은 한 시대의 유물 같은
비굴함을.

홀로 사랑 1

그대 사랑하는가
저 들에 눈물 나게 고운 단풍잎같이
들처럼 누워 흐르는 강물
그 눈 시리게 아픈 설레임같이

아직은 풋풋한 매운 날들
저 홀로 꽃 되어 피우지 못하고
봄을 기다리는 들꽃같이
5월 장미 그 붉은 가슴같이

그대 사랑하는가
긴 밤을 숨죽이던 나팔꽃
아침햇살 꽃 피우는 환희같이
길밖에 서성이는 바람
그 가슴 뜨거운 속앓이같이

그렇게 아픈 날들
여름밤 소낙비같이
눈물로 눌러 죽이고
그대 숨죽여야만 했는가
그 가슴 저리던
시절에.

홀로 사랑 2

바람에게 갈 수 있을까
먼 길 떠나 아픈 날들
한 움큼의 그리움으로
그대 곁에
들꽃향기 가득히 달려갈 수 있다면
이 밤
바람에게 조금 더 가까이 갈 수 있을까

물빛 곱게 흐를 수 있을까
떠나간 모습이 아름다울 수 있을 때
내 남겨진 눈물
강물로 흘려보낼 수 있다면
진정
물빛 곱디곱게 흐를 수 있을까.

홀로 사랑 3

첫눈 내리는 날
소복소복 쌓이는 것이 어디 아픔뿐이랴
그 지독한 아픔 속에
물빛
그 무늬보다 고운 설레임이 있고
긴 겨울을 넘어서는
풀뿌리 같은 기다림이 있고
그리고
사랑할 수 있는 맑은 가슴과
용서할 수 있는 맑은 눈물이 있어
이 밤
푸른 상처를 잠재운다.

홍제천

몇은 무심천(無心川)이라 부른다.
마음 둘 곳 없어 따라 흐르다
강을 만났다.
강을 따라 흐르다 바다라도 만나면
빈 가슴 밀물처럼 차오를 수 있을까
그렇게 유심천(有心川)이 될 수 있을까.

홍제천에서

1.

당신의 가슴으로 흐르는 것은 이 시대의 더러운 뒷모습이 아닙니다. 차라리 흘려보낼 것이 없어 맨가슴 훤히 드러낸 부끄러운 양심입니다.

2.

봄날, 개나리 꽃동산을 이루던 채석장 건너편에 호텔이 들어서고 개나리꽃같이 작은 아이들이 밤이면 봄나들이 떠납니다. 요즘의 봄나들이는 호텔 가면무도회 허황의 불꽃을 쫓는 불나비사랑입니다.

3.

사월이 오면 황달 증세로 당신 곁에 찾아오는 자유의 그림자가 됩니다. 그 그림자 속에 숨어 오는 또 다른 사월. 눈물과 재채기가 시작되면 새벽의 그리움이 됩니다. 오늘 그 그리움은 천변에 노란 개나리로 피었습니다.

4.

무엇이 당신의 분노를 사고 있나요. 백목련 자태로 나타나 꽃잎 떨어진 추한 뒷모습 남기고 백련산 솔바람으로 불어오는 위장된 평화인가요. 간밤에 개나리꽃 찍어 누른 이 시대의 폭력인가요.

5.

이제 노을이 지면 참혹한 밤입니다. 더는 용서할 수 없어 풀뿌리 같은 기다림으로 당신의 칼이 됩니다. 새벽이 올 때까지.

화분대를 옮기며

1.

지난 늦가을 겨울을 나기 위하여 방(房)으로 옮겨 왔던 화분대를 다시 베란다로 옮긴다. 잎끝이 타들어 가는 금난초, 말라 죽은 산철쭉, 여기에도 돌보지 않았던 역사가 있다.

2.

반신불수 중풍을 앓는 산하(山河)가 있다. 그 병명을 말하지 못하고 다스리지 못하는 역사가 있다. 그 역사 속에 여윈 우리가 살고 있다.

3.

욕망의 그늘 아래 안주해 버린 개인의 역사는 이 봄날 다시 부활하는 들풀의 역사를 막지 못한다. 진정 막을 수 없다.

편집을 마치며 1

많은 사람이 시조와 시는 어렵다고 생각한다. 산문과 비교해 내용도 길게 풀어 쓰지 않고 시어를 통해 작가가 전달하고자 하는 바가 함축적이라 더 어렵다고 생각한다. 하지만 그 안에 숨겨진 작가의 의도와 시어, 운율에 집중하다 보면 어느새 마지막 페이지에 다다른다. 그래서인지 매우 매력적인 문학 장르라고 생각한다.

이 시집 역시 시조와 시가 가진 특별한 매력을 지니고 있다. 간결하지만 서정적인 시어들에는 한국 고유의 정서가 담겨 있고, 기성세대의 향수를 자극하는 시대 분위기와 사투리가 정겹다. 작가가 10대부터 써 온 작품들이기에 다양한 연령층이 공감 할 수 있을 것 같다는 생각도 든다. 짧은 시조와 시로 이루어져 있어 금방 읽을 수 있지만 그 여운은 짧지 않고 오래 지속된다.

다양한 원고를 읽어 보았지만 유독 작가의 색이 짙은 시집이다. 그래서일까. 시를 읽어 가노라면 작가의 목소리가 들린다. 모니터를 통해서 보는 원고인데도 한 자 한 자 꾹꾹 눌러 쓴 작가의 필체도 보이는 듯하다. 그런데 더 자세히 보면 작가의 삶이 보인다. 작가가 살아온 인생이 보인다.

찬 바람이 불기 시작하는 요즘 같은 계절에도 잘 어울리는 시집이지만, 첫눈이 오는 겨울에 다시 한번 펼쳐 보고 싶은 시집이다. 앞으로도 작가의 문학적 행보가 기대된다.

편집을 마치며 2

다채로운 은유가 담겨있어 지루하지 않고 생각을 자극하는 좋은 시라고 생각한다. 특히 〈가을, 겨울〉과 같은 계절과 〈숲, 안개〉 등 자연에 연관된 것들이 많이 표현되어 있는데 잿빛 사회 속에서 잠시나마 숨을 돌릴 수 있는, 마치 가을 안개 자욱한 산속에서 발견한 작은 보랏빛 꽃 한 송이를 보는 듯 편안하고 잔잔한 느낌을 들게 해주는 시다.

시편 중 〈무너짐에 대하여〉는 많은 생각이 들게 만든 시이다. 과거에 대한 미련인지 아쉬움인지 지나쳐온 나의 삶을 다시 한번 돌아보게 만든다. 누구나 한번쯤은 가지고 있을 그런 과거를 글로 잘 표현해 내어 감수성을 자극하는 인상 깊은 시로 남았다.

요즘 시를 읽는 사람이 많지 않다고는 하지만 마음에 여유를 주고 싶다면 꼭 한번쯤 추천하고 싶다. 열매가 농익듯 마음을 성숙하게 만들어 주는 시.

편집을 마치며 3

상큼하게 다가오는 가을의 선선한 바람과 여름의 미련 섞인 열기가 뒤섞이는 가을밤, 〈그해 겨울〉을 읽으며 뜨거운 여름내 그토록 갈망하던 겨울이 성큼 다가옴을 느꼈다.

감정을 절제하며 잔잔히 이어지는 시구는 몰래 피어나 야윈 나무에 초록을 선사하는 겨우살이처럼, 밤새 소복이 내려 누누이 쌓인 새하얀 눈처럼 차가움과 따스함이 공존하는 듯, 묘하면서 역설적인 감정을 불러일으킨다.

온기가 몽개몽개 피어오르는 따스한 커피 한 잔, 붉게 달아오른 난롯불 앞, 구름 같은 소파와 어울리는 〈그해 겨울〉과 함께 몽상의 세계로 여행을 떠나 보자.

그해 겨울

1판 1쇄 발행 2021년 10월 7일

저자 전준
교정 주현강
편집 문서아

펴낸곳 하움출판사
펴낸이 문현광

주소 전라북도 군산시 수송로 315 하움출판사
이메일 haum1000@naver.com   홈페이지 haum.kr

ISBN 979-11-6440-845-0

좋은 책을 만들겠습니다.
하움출판사는 독자 여러분의 의견에 항상 귀 기울이고 있습니다.